오늘의 × 아이돌

김혜정 장편소설

김영사

차 례

이무기의 부탁

적막한 들에 한 아이가 살고 있었어. 학의 보살핌을 받고 자란 아이는 자신의 이름도, 나이도 몰랐지. 사람들은 오늘을 낳은 날로 하라며 '오늘이'라는 이름을 지어 준단다.

오늘이는 자신의 부모가 원천강에 살고 있다는 이야기를 듣고 길을 떠나. 그 길은 멀고도 험했지.

오늘이는 장상 도령과 연꽃 나무와 이무기와 매일이, 옥황 시녀의 도움을 차례차례 받아 길을 찾아가. 대신 그들은 오늘이에게 도움을 주면서 부탁을 했지.

이무기의 부탁은 바로 이거였어.

"다른 이무기들은 여의주를 하나만 가지고도 용이 되는데, 나는 왜 여의주가 세 개나 있는데도 용이 못 되는지 이유를 알아봐 줘."

과연 오늘이는 원천강까지 무사하게 도착할 수 있을까? 그래서 이무기의 부탁도 들어줄 수 있을까?

오디션

연석은 탁자 위에 있던 두 손을 슬그머니 다리 위로 내려놓았다. 손이 떨리는 걸 감추기 위해서다. 다리에서 손의 떨림이 느껴지자 더 초조해졌다.

"부대표님, 누굴 뽑을지 결정하셨어요?"

김 실장의 물음에 연석은 미소를 지으며 살짝 고개를 갸웃거렸다. 여유롭게 생각하는 걸로 보이고 싶었다. 하지만 연석의 얼굴빛은 점점 어두워졌다.

"마지막 한 명 뽑는 게 참 어렵네요. 워낙 다들 실력이 출중해서."

연석은 그 말을 하며 탁자 위 서류를 죽 살펴보았다. 실력이 뛰어난 것만으로는 부족하다. 강력한 능력이 있는 자여야 한다. 지난 2개월에 걸쳐 연석은 새 그룹의 멤버를 찾기 위해 오디션을 치르고 또 치렀다. 피아노 영재 윤빈을 중심으로, 춤 신동 대겸, 얼굴 천재 해인, 10대 래퍼 대회 우승자 승찬까지.

팀에 한 명만 있어도 주목받을 사람을 네 명이나 찾아냈고 드래곤 시티의 검증까지 끝마쳤다. 연석이 찾는 건 윤빈과 다른 음색의 보컬이다. 윤빈이 맑은 미성을 갖고 있기에 낮은 음을 낼 보컬이 있으면 완벽하다. 오늘 최종 오디션을 치른 열 명의 목소리는 모두 연석이 요구한 조건을 갖췄다.

"부대표님, 벌써 다른 팀들은 연습을 시작했어요. 저희는 지금 시작해도 두 달이나 늦는다고요."

연석이 계속 뭉그적거리자 김 실장이 채근하듯 말했다. 내년 데뷔를 목표로 이미 열 팀이 1월부터 연습을 시작했다.

"이미 뽑은 아이들이 뛰어나서 마지막으로 누굴 뽑아도 될 거 같아요."

"아뇨. 화룡점정이 될 인물이어야 합니다."

연석이 단호하게 말했다. 한 시간 전 최종 오디션을 끝냈지만 연석의 요청에 따라 오디션을 치른 사람들은 아직 대기실에 있다. 오디션을 보다 보면 눈에 확 띄는 사람이 있기 마련인데 이번은 그렇지 않았다.

"저는 99번 목소리가 좋던데요?"

"전 66번요."

함께 심사를 본 이들도 의견이 갈렸다. 연석은 쉽게 결정을 내릴 수 없었다. 이 그룹에는 연석의 운명이 걸려 있으니까.

오디션

이 그룹을 성공시키지 못하면 연석에게 더 이상 미래는 없다.

"이 두 명만 다시 불러서 대표님께 봐 달라고 할까요?"

"주 대표한테요?"

연석은 썩 내키지 않았다. 신아의 도움 따위 받고 싶지 않다. 특히 이번에 연석이 준비 중인 아이돌 그룹과 관련해서는 더더욱 말이다.

"대표님 오늘 회의 있으세요. 안다 도사님이 오셔서."

김 실장의 말에 연석의 귀가 번쩍 뜨였다. 안다 도사는 연석 아버지의 친구로 드래곤 시티 회사를 처음 만들 때 도움을 많이 줬다. 안다 도사는 잠재력을 알아보는 능력을 갖고 있다.

주신아가 속해 있던 걸 그룹뿐만 아니라 최근 드래곤 시티의 대표 그룹 '매직펄'의 오디션도 안다 도사가 직접 심사했다. 이 둘은 드래곤 시티에서 가장 성공한 그룹이다.

"안다 도사님이 서울에 오셨어요? 언제요?"

연석은 잠깐만 기다리라는 말을 남긴 후 회의실 문을 열고 나왔다. 연석의 안색이 언제 그랬냐는 듯 환해졌다.

안다 도사가 정해 주면 번거로운 검증 과정을 거치지 않아도 된다. 그러면 2주 이상 시간을 단축시킬 수 있다. 일석이조, 즉 한꺼번에 두 가지를 해결할 수 있다.

연석이 주신아 대표 방 앞에 도착했을 때 마침 안다 도사가 나오고 있었다.

"오, 이게 누군가?"

"도사님!"

연석은 안다 도사를 향해 한걸음에 달려갔다.

"신아한테 이야기는 들었어. 다시 아이돌 그룹을 만든다고 했다며? 내가 다 안다마다."

안다 도사는 성이 안 씨이고 말끝마다 '안다마다'를 추임새처럼 붙이는 습관이 있어 안다 도사로 불렸다.

"안 그래도 그것 때문에 부탁드릴 게 있어요."

연석은 최종 오디션에 오른 인물 중 마지막 한 명을 뽑아 달라고 부탁했다.

"내 말은 귓등으로도 안 듣더니만."

"에이, 삼촌. 이번에는 아니에요. 무조건 삼촌, 아니 도사님이 시키는 대로 할 거예요."

연석은 저도 모르게 옛날에 불렀던 호칭이 튀어나왔다. 신아와 다르게 이제까지 연석은 오디션장에 안다 도사를 부르지 않았다. 실력은 오직 눈과 귀로만 평가한다고 믿었기 때문이다. 하지만 다들 비슷한 실력이라면 숨은 능력이 중요하다.

연석은 안다 도사의 어깨에 팔을 두른 후 오디션 장으로 모셔왔다. 직원들에게 최종 오디션을 치른 열 명을 다시 보겠다고 알린 후, 안다 도사와 단둘이 재오디션을 보기로 했다.

한 명씩 다시 노래를 부르게 해서 모두의 노래를 다 듣고 난 후 안다 도사는 알겠다는 표정을 지었다.

"보인다, 아주 딱 보여. 한 놈은 확실한데 한 놈은 영 아니네. 내가 다 안다마다."

그런데 안다 도사는 누구인지 알려 주지 않은 채 자리에서 일어났다.

"어? 그냥 가시면 어떡해요? 누구인지 알려 주셔야죠."

"싫은데."

"에이, 왜 그러세요?"

"나 무시할 때는 언제고."

안다 도사가 "쳇." 하고 돌아섰다. 그간 연석에게 쌓인 게 제법 많아 보였다.

"도롱도롱 한정판 피규어, 도사님께 드릴게요."

안다 도사가 걸음을 멈췄다. 안다 도사는 연석이 갖고 있는 애니메이션 캐릭터 피규어를 오래전부터 탐냈다.

"너, 그 약속 꼭 지켜야 한다."

연석이 두 주먹을 쥔 채 "네!"라고 크게 대답했다.

안다 도사가 연석이 앉아 있는 탁자로 돌아와 종이에 번호를 써서 쓱 내밀었다.

'66번'

연석은 종이를 양손으로 조심스럽게 들어 머리 위로 쭉 펼쳤다. 전등 아래 빛이 투과되며 66번 글자가 눈부시게 반짝였고, 연석의 가슴은 벅차올랐다.

이제 최정예 멤버를 다 찾았다.

1

×

연습생

합격

이제 어쩌지.

이번에도 합격자 명단에 오늘이는 없었다. 오랜만에 최종까지 오른 오디션이기에 혹시나 기대했건만 역시나다. 오늘이는 고개를 들어 하늘을 바라봤다. 가슴이 답답할 때 하늘을 보면 나아진다는데 한없이 넓기만 한 걸 보니 더 막막할 뿐이다. 차라리 하늘이 맑지 않으면 좋겠다. 하늘은 저리 맑은데 왜 내 처지는 이 모양일까. 원래대로 고개를 숙였다.

"나는 너 될 줄 알았는데."

옆에서 걷고 있는 석진이 조심스레 오늘이를 위로했다. 오늘이는 쓸쓸하게 웃었다. 초등학교부터 같이 다닌 석진은 누구보다 오늘이의 오디션 일대기를 잘 알고 있다.

어릴 적부터 오늘이는 춤추고 노래 부르는 걸 좋아했다. 반 아이들이 호응해 주면 오늘이는 더 신이 났다. 교실에서 강당으로, 또 공원으로 오늘이의 무대는 점점 더 넓어졌다. 초등학교 때부터 오늘이의 팬클럽이 있었다. 오늘이는 아이돌의 노래를 듣고 따라 부르면서 아이돌의 꿈을 키웠다. 자기도 그들처럼 반짝이고 싶었다. 중학교 1학년 때부터 본격적으로 오디션을 보러 다녔다. 처음 1년간은 이제 시작일 뿐이라고 위안을 삼았다. 오디션 준비가 미흡한 것 같아 아이돌을 꿈꾸는 아이들끼리 모여 오디션을 위한 모임도 했다. 함께 준비했던 친구들이 하나둘 합격해 연습생이 되었다. 대형 기획사만 찾아다닌 게 아닌가 싶어 작은 기획사 오디션도 다 치렀다.

하지만 오늘이는 연습생이 되지 못했다. 오디션을 보러 갈 때마다 석진이 말했다. 네가 안 되면 누가 되겠냐고. 그런데 오늘이 빼고 다 됐다. 연습생이 된 친구들의 '언제쯤 데뷔할 수 있을지 모르겠다'는 푸념도 오늘이는 너무나 부럽기만 하다.

"네가 그때 거길 갔어야 했는데."

석진이 미안하다며 말했다.

"어디?"

"MS 최종 말이야."

"아, 됐어."

오늘이는 손사래를 치며 말했다. 작년에 오늘이는 MS 기획사 최종 오디션에 오르게 되었다. MS의 실장이 오늘이를 무척 좋게 봤다. 오디션을 앞두고 따로 연락을 해 최종 오디션을 위한 팁까지 알려 줬다.

최종 오디션 날, 석진이 응원차 함께 가겠다며 나섰다. 버스를 타고 가는데 석진이 배를 움켜잡고 주저앉았다. 아침부터 배가 아파도 '곧 괜찮아지겠지.' 하며 참았는데, 이제 도저히 참을 수 없는 상태가 된 거다. 석진은 혼자 병원에 가겠다고 했지만 오늘이는 차마 그럴 수 없었다. 석진을 데리고 함께 병원으로 가서 보니 급성 맹장염이었다. 석진의 부모님이 도착했을 때는 이미 오디션이 끝난 후였다.

"MS 실장님이 너 정말 좋게 봤잖아. 그때 나만 아니었어도."

석진은 두고두고 오늘이에게 미안해했다.

"괜찮아. 진짜 나를 원했으면 어떻게든 다시 기회를 줬겠지."

오늘이는 엄마와 아빠가 한 말이 자꾸 머릿속에 맴돌았다. 오늘이의 사주에는 연예인의 길이 보이지 않는다고 했다며 오늘이가 꿈을 바꾸길 바랐다.

"정말 나는 아이돌 될 운명이 아닌 걸까? 어떻게 한 번도 합격을 못 하냐."

"왜? 너 합격한 적 있잖아."

합격

"아, 거기."

오늘이도 오디션에 합격한 적이 있긴 하다. 대형 기획사는 아니었지만 데뷔한 신생 아이돌이 두 팀이나 있는 회사였다. 이제 드디어 연습생이 되는구나 기대하며 회사에 가서 연습할 날만 기다리고 있는데, 합격 발표가 난 지 일주일도 안 되어 회사가 문을 닫았다. 대표가 횡령을 했을 뿐만 아니라 직원들 월급도 제대로 주지 않아 회사는 공중분해가 되었다. 그 회사에 소속되어 있던 아이돌은 막 방송에 나오던 참이었는데, 은퇴 아닌 은퇴를 하게 되었다. 얼마 전 아이돌이 재데뷔하는 방송 프로그램에서 그 회사에 있던 아이돌이 나오는 걸 봤다.

"난 오늘이 너만큼 춤 잘 추고 노래 잘 부르는 사람 본 적 없어. 진짜야."

석진이 오늘이를 위로했다. 평소였다면 석진의 말에 기운을 냈겠지만 지금은 그렇지 못했다.

언제까지 오디션을 보러 다녀야 할까. 엄마와 아빠가 그만두라고 닦달하는 건 아니다. 둘은 오늘이에게 나긋나긋한 말투로 "안 해 본 것도 아니고 도전할 만큼 했잖아." "아닌 건 아닌 거야."라고 말했다. 차라리 윽박을 지르며 "당장 관둬!" 하고 소리쳤으면 "싫어, 할 거야!"라고 대꾸했을 텐데. 엄마, 아빠의 말이 너무 맞는 말이라 오늘이도 고민이 되었다. 고2인 오늘이는 이제까지 학교를 다니는 내내 아이돌 오디션 준비를 하느라 공부와는 담을 쌓고 지냈다. 엄마는 오늘이가 펜을 잡아야 성공하는 사주라며, 아직 늦지 않았으니 공부를 하라고 했다. 세상 모든 부모의 믿음인 '우리 애가 머리는 좋은데 공부를 안 해서 그렇다'를 오늘이의 부모 역시 찰떡같이 믿고 있다.

4년 전 처음 오디션을 보러 갔을 때가 떠올랐다. 만약 4년 뒤에도 계속 그러면 어쩌지? 그때는 나이가 몇 살이더라? 오디션에 붙어 연습생이 된다고 다 아이돌이 되는 것도 아닌데. 오디션 불합격 횟수가 늘어날수록 두려움의 마일리지도 늘어났다. 이제 거의 다 꽉 차서 더 쌓을 데도 없다.

"그래도 '드래곤 시티' 발표 남지 않았어? 거기도 최종 오디션까지 봤잖아."

"에이, 거긴 어림도 없어. 그냥 오디션만 치른 거야."

오늘이가 양 어깨를 올렸다 내리며 대답했다. 드래곤 시티 오디션 자리는 원래 오늘이의 것이 아니었다.

"아, 네가 드래곤 시티에 가는 게 내 소원인데. 그러면 널 통해 제나를 만날 수도 있잖아. 혹시 또 알아? 네 덕분에 나랑 제나가 알게 되고, 제나랑 나랑 사귀게 될지?"

석진은 상상만으로도 좋은지 '큭큭' 하고 헤벌쭉 웃었다. 제나는 석진이 가장 좋아하는 '매직펄'의 멤버다.

합격

"꿈 깨셔."

오늘이는 정신 차리라며 석진 이마에 꿀밤을 먹였다.

"기운 좀 내. 천하의 스마일맨이 왜 그래?"

반 축구 경기가 큰 점수 차로 지고 있을 때 끝까지 응원해서 분위기를 복돋우는 게 오늘이다. 자기도 시험을 망쳤으면서 시험을 못 본 친구에게 다음 시험, 다다음 시험도 있지 않냐며 없는 용돈을 털어 떡볶이를 사 주는 사람도 오늘이다.

오늘이는 자신뿐만 아니라 주변 사람에게도 긍정적인 기운을 넣어 주었다. 그런 성격 때문에 4년 넘게 오디션에서 떨어져도 버틸 수 있었다.

걷다 보니 석진네가 운영하는 '진곰탕' 앞에 도착했다. 진곰탕은 석진의 증조할아버지 때부터 운영해 온 80년 전통의 가게로, 증조할아버지에게서 할아버지로, 할아버지에서 석진의 아버지로 내려왔다. 이제 오후 다섯 시가 조금 넘었는데 가게 앞에 줄을 선 사람이 제법 많았다. 여기는 항상 이렇다. 특별한 비법 없이 좋은 재료만 쓰는 게 전부라고 하는데 다른 가게에서는 진곰탕의 곰탕 맛이 나지 않았다. 친구들은 전교 1등보다 진곰탕을 물려받을 석진을 더 부러워했다.

"오늘도 알바해?"

"그래야지."

석진은 하교 후 이곳에서 매일 세 시간씩 알바를 한다. 다들 석진이 미리 경영 수업을 받는 줄 알지만 실은 매직펄 콘서트에 갈 돈을 벌기 위해서다.

"들어가서 한 그릇 먹고 갈래? 넌 평생 공짜잖아. 진곰탕의 영원한 V, I, P!"

"다음에."

오늘이는 석진에게 다음 주 월요일에 보자는 인사를 하고 헤어졌다. 그런데 석진이 가게로 들어간 후 몇 초 지나지 않아 메시지 알림음이 울렸다. 아마 석진이 보냈을 거다. 기운 내라며 이모티콘을 보냈겠지 했는데 아니다.

'드래곤 시티 오디션에 최종 합격하셨습니다.'

오늘이는 몇 번이나 눈을 비빈 후 메시지를 읽고 또 읽었다.

드래곤 시티 건물 앞에 도착한 오늘이는 떨리는 가슴이 진정되지 않았다. 자신이 드래곤 시티 연습생이 되다니 도무지 믿기지 않는다.

안내 데스크 직원은 시계를 확인하며 말했다.

"어? 연습생 모임은 열 시인데요?"

"네. 제가 좀 일찍 왔어요."

아직 아홉 시가 채 되지 않았다.

합격

오늘이는 너무 설레서 잠을 자는 둥 마는 둥 했고, 모임 시간에 늦지 않기 위해 일찍 출발했다. 안내 직원은 오늘이에게 출입증을 건네주었다. 모임 장소는 5층 회의실이다.

5층으로 가기 위해 엘리베이터를 탔다. 로비에 있는 중앙 엘리베이터는 사방이 투명한 유리로 되어 있어 바깥이 한눈에 들어왔다. 위에서 내려다보니 초록색의 식물들이 눈에 더 잘 뜨인다. 엘리베이터 안 스피커에서 새와 곤충 소리가 은은하게 흘러나오고 있다. 오늘이는 자신이 식물원에 와 있는 듯한 착각이 들었다.

지난번에는 오디션을 보러 드래곤 시티에 왔다. 그때는 본관이 아닌 옆에 있는 별관 지하 강당에만 가 볼 수 있었다. 드래곤 시티 본관 내부는 별관보다 훨씬 더 자연 친화적이다. 별관에도 실내에 화분이 많아 신기하다고 여겼는데, 본관 로비는 한쪽 면을 통째로 *비바리움으로 꾸몄다. 로비뿐만이 아니라 건물 전체 곳곳에 식물로 인테리어를 해 뒀다. 그래서인지 실내인데도 산소가 충분한 듯했다.

여기를 외부에 공개하면 특별한 인테리어로 인기를 끌 텐데 왜 하지 않는 건지 모르겠다. 다른 기획사들은 종종 아이돌의 브이로그나 방송을 통해 회사 모습을 공개한다.

하지만 드래곤 시티는 꽁꽁 감춰 두었고 어느 프로그램에서도

* 비바리움 : 밀폐된 유리통 속에 파충류 등을 함께 넣어 키우는 원예 활동

회사 내부가 나온 적이 없다. 그래서 다들 드래곤 시티의 콘셉트가 신비주의라고 했다.

회사만 공개하지 않는 게 아니라 오디션도 비밀로 치렀다. 대부분의 기획사는 거의 공개 오디션을 치르지만 드래곤 시티는 '시크릿 코드'를 받은 사람만 오디션을 볼 수 있다. 소문에 따르면 드래곤 시티의 디렉터들이 다른 기획사 오디션이 있을 때마다 잠입해 관찰한 다음 연락처를 알아내 따로 접촉한다고 한다. 그래서 아이돌 지망생들 사이에서는 드래곤 시티의 오디션을 볼 수 있는 것만으로도 영광스럽게 여기는 분위기였다.

5층에 도착했다. 5층에는 휴게실과 회의실이 있는데, 휴게실에는 로비보다는 작지만 가로 세로 길이가 2m가 넘는 비바리움이 있었다. 가까이 가서 들여다보니 그 안에 도마뱀이나 개구리 같은 파충류가 있었다.

오늘이는 한참을 넋 놓고 비바리움을 구경하다가 회의실로 들어왔다. 아직 아무도 오지 않았다. ㅁ자 모양으로 기다란 책상이 붙여져 있길래, 오늘이는 중간쯤에 있는 의자에 앉았다.

긴장을 풀기 위해 음악을 듣고 있는데 문이 열렸다. 들어온 사람은 오늘이 또래의 아이다. 오늘이는 귀에 꽂은 이어폰을 뺀 후 인사했다.

"저보다 더 일찍 오셨네요? 제가 1등일 줄 알았는데."

합격

얼굴이 유달리 하얗고 동그란 아이는 얼굴에 장난기가 가득했다. 당장이라도 다가와서 장난을 걸 것만 같다. 아니나 다를까 남자아이는 빈자리가 많은데도 굳이 오늘이 옆 의자에 앉더니 바짝 다가왔다.

"이름이 뭐예요?"

"오늘이에요."

"날짜 물어본 거 아닌데."

"아, 이름이 오늘이에요. 성이 오고, 이름이 늘. 오늘을 항상 뜻깊게 잘 살라고 부모님이 지어 주셨어요."

"오! 멋지다. 오늘!"

남자아이는 머리와 어깨에 리듬을 타며 오늘이의 이름을 반복해서 말했다.

"전 대겸이에요. 윤대겸. 이름처럼 대박 귀엽죠? 사람은 이름 따라가나 봐요. 그런데 몇 살이에요?"

"열여덟요."

"전 열여섯이에요. 그럼 형이라고 불러도 되죠? 형, 말 편하게 해. 이제 같은 팀인데."

대겸은 빈틈을 주지 않고 쓱 들어왔다.

"그러지 뭐."

"우리 오늘부터 바로 연습하나?"

"글쎄."

"나머지 멤버들 누구인지 진짜 궁금하다."

대겸은 종알종알 쉬지 않고 말을 했다. 수다라면 남부럽지 않은 석진도 대겸 앞에서는 명함도 못 내밀 것 같다. 오늘이가 묻지도 않았는데 대겸은 짧은 시간 동안 자신의 이야기를 들려줬다. 캐나다에서 살다가 한국에 온 지는 3개월이 조금 넘었고 얼마 전 비보이 대회에서 1등을 했으며, 오디션은 이번이 처음이라고 했다.

대겸이 한참 떠들고 있는데 문을 열고 누군가 들어왔다.

"안녕하세요. 박해인입니다."

오늘이와 대겸도 해인에게 인사했다. 해인은 열여섯으로 대겸과 동갑이었다. 오늘이는 해인의 입에 자꾸 시선이 갔다. 해인은 미소를 지을 때 입꼬리가 위로 많이 올라갔다. 웃지 않을 때는 차가운 인상인데 입꼬리가 올라가니 분위기가 완전히 달라졌다. 저 입 모양을 어디서 본 거 같은데 어디였더라. 아무리 떠올려 봐도 생각이 나지 않았다.

"혹시 우리 만난 적 있어요?"

오디션장에서 오다가다 마주쳤을 수 있다. 그런데 해인은 대답 대신 다시 입꼬리를 올리며 미소를 지었다. 저 미소 분명 낯이 익은데.

합격

"형, 너무 자기중심적으로 생각한다."

"응?"

대겸의 말이 무슨 뜻인지 몰라 오늘이 되물었다.

"해인이랑 형이 아는 사이가 아니라 형만 해인이를 알 수도 있는 거잖아. 그 생각은 안 해 봤어? 어떻게 해인이가 누군지 모르냐?"

"어? 어!"

오늘이는 그제야 해인이 누군지 떠올랐다.

"라스트! 맞지?"

〈라스트〉는 5년 전에 크게 흥행한 영화다. 바이러스로부터 살아남은 다섯 명의 이야기인데, 주인공 중 한 명이 아역인 해인이었다. 무서울 정도로 연기를 잘해서 국제 영화제에서도 상을 여러 개 받았다. 그 당시 별명이 얼굴 천재였다. 얼굴이 잘생겨서가 아니라 어린 배우가 얼굴 표정으로 다양한 연기를 한다고 해서 그렇게 불렸다. 박해인이라는 본명보다 영화 속 이름인 '한송'으로 더 유명했다. 해인이 한송이었다니. 그 영화 이후 해인이 출연한 영화와 드라마는 없었다.

오늘이가 뭔가 더 물어보려고 하는데 문이 열렸다. 이번에 들어온 아이는 머리를 보라색으로 염색했다.

"이승찬이에요."

오늘이와 대겸도 승찬에게 인사를 건넸다. 그런데 승찬과 해인은 동시에 손가락으로 서로를 가리키며 "맞지?" 하고 물었다. 또 누구기에 저러나 싶어 오늘이는 승찬을 뚫어지게 봤다.

"신기하다. 라스트의 한송이라니."

승찬은 목소리가 아주 낮았다. 그래, 저 목소리! 동굴 속에서 들릴 것 같은 낮은 목소리다. 오늘이도 승찬이 누구인지 바로 알아차렸다. 10대 래퍼를 뽑는 프로그램에서 작년에 1등을 한 아이다. 고등학생을 다 제치고 중3이 우승을 해서 화제가 되었다. 나이는 열여섯 살인데 목소리는 스물여섯 살이라는 댓글을 보고 오늘이도 동의하며 웃었던 기억이 난다.

다들 왜 이렇게 잘난 거야. 오늘이는 대겸과 해인, 승찬의 경력에 주눅이 들었다. 마지막 멤버는 또 누구일까 궁금해하고 있는데 문이 열렸다. 들어온 사람을 보고 오늘이는 저도 모르게 긴 한숨을 쉬었다. 저 아이는 얼굴이 경력이었다.

"아, 팬클럽 가입할 뻔. 뭐 저렇게 잘생겼냐."

대겸이 큰 소리로 말했고 해인과 승찬이 피식하고 웃었다. 오늘이도 멍하니 마지막 멤버를 바라봤다. 사람을 보고 눈이 부실 수 있다는 걸 오늘이는 처음 알았다. 오늘이는 슬며시 오른손으로 제 얼굴을 매만졌다. 오늘이도 잘생겼다는 말을 꽤 들었는데 저 아이와 나란히 있으면 오징어처럼 보일 것 같았다.

"부윤빈입니다. 나이는 열여덟이고요."

윤빈은 목소리가 미성이었다. 낮고 허스키한 오늘이와 정반대였기에 함께 노래를 부르면 어떤 화음이 나올까 궁금해졌다.

약속 시간인 열 시가 되자 문이 열렸다. 이번에 들어온 건 연석이다. 다들 연석을 알아봤다. 오디션 심사 때 매번 중앙에 앉아 있었기 때문이다.

"부연석이라고 우리 회사 부대표님이셔."

대겸이 오늘이만 들을 수 있도록 작게 알려 주었다. 연석이 드래곤 시티의 대표인 줄은 몰랐다.

"저분이 드래곤 시티 대표였어?"

드래곤 시티의 대표는 걸 그룹 출신의 주신아로 알고 있었는데 공동 대표였나?

"아니. 부 씨라서 부대표가 아니라 진짜 그냥 부~ 대표."

대겸이 빠르게 설명했고 오늘이는 무슨 뜻인지 알겠다는 듯 고개를 끄덕였다.

"자, 다들 모였네."

맨 앞 의자에 앉은 연석이 아이들을 죽 둘러보며 말했다. 이번에 뽑힌 연습생은 오늘이를 포함해 모두 다섯 명이다.

"너희는 케이 팀이다."

대겸이 손을 들고 물었다.

"케이 팀이 뭐예요? 설마 알파벳 케이?"

"맞아."

오늘이가 케이팝의 케이인가 생각하고 있는데 연석은 제이 팀 다음이라 케이라고 알려 줬다.

"잘 들어. 너희는 한 팀이야. 다 같이 데뷔하거나 다 같이 못 하거나 둘 중 하나야."

오늘이는 연석의 설명이 잘 이해가 가지 않았다. 보통 아이돌들은 연습생을 하다가 뽑혀서 하나의 팀이 된다. 하지만 드래곤 시티에서는 팀으로 연습생을 묶어 데뷔시키는 프로젝트를 진행 중이다. 연습생 중에 가장 실력이 뛰어난 사람들을 골라 데뷔시켰을 때 팀워크에 문제가 있었다. 연습 팀을 그대로 데뷔시켜 성공한 첫 그룹이 매직펄이다.

"이미 3개월 전부터 에이 팀부터 제이 팀까지 만들어 연습하는 중이다. 우리는 뒤늦게 합류해 앞 팀보다 시간이 많지 않아."

에이부터 제이라면 총 열 팀이다. 그리고 오늘이네 케이 팀까지 더하면 모두 열한 팀이다.

"데뷔는 몇 팀이 할 수 있어요?"

오늘이가 물었다.

"단 한 팀. 10개월 후에 한 팀만 데뷔할 수 있어."

"10개월은 너무 짧지 않아요?"

합격

아이돌 지망생들이 드래곤 시티에 가고 싶어 하는 이유 중 하나가 연습생 생활이 길지 않다는 장점이 있어서다. 보통 기획사들이 적어도 2~3년은 연습생 생활을 한 후 데뷔를 시키는데 반해 드래곤 시티의 연습생 생활은 1년 정도로 짧다. 그래서 완성형 연습생을 뽑는다는 이야기가 있다. 드래곤 시티를 밀키트에 비유하기도 했다. 다른 기획사들이 원재료를 하나하나 골라 요리를 만든다면 드래곤 시티는 다 손질된 재료를 가지고 편하게 만든다는 거다. 그런데 10개월은 짧아도 너무 짧다.

"너희는 내가 특별히 뽑은 아이들이야. 케이 팀은 부대표인 내가 오디션부터 데뷔까지의 과정을 모두 다 디렉팅할 거야. 다른 팀 준비 기간의 4분의 3 정도밖에 안 되니까 연습을 두 배 이상 하면 돼."

연석은 앞으로의 일정에 대해 알려 주었다. 하교 후부터 모여 밤까지, 주말에는 이틀 내내 연습하기로 했다.

"참, 우리 팀의 리더는 윤빈이다."

연석의 말에 대겸이 물었다.

"리더가 벌써 정해진 거예요? 보통 리더는."

오늘이는 대겸을 말리고 싶었다. 오늘이도 윤빈과 동갑이긴 했지만 나이가 가장 많다는 이유로 리더가 될 마음은 없다. 오늘이가 괜찮다며 대겸의 팔을 잡으려는데 대겸이 말을 이었다.

"오디션 점수가 제일 높은 사람이 하는 거죠? 윤빈 형이 제일 높았나 봐요."

대겸이 씩 웃으며 말했고 연석은 그게 맞는지 별다른 말을 하지 않았다.

"윤빈을 중심으로 하나가 되어 함께 가는 거다. 다 같이 데뷔하거나 다 같이 못 하거나. 잊지 말도록."

연석은 몇 번이나 한 팀이라는 것을 강조했다.

연습생 생활에 관한 계약서를 쓴 후 연석을 따라 다 같이 회의실에서 나왔다. 첫날부터 본격적으로 연습을 하기로 했다. 첫 수업은 춤이다.

지하에 있는 연습실에 도착했다. 오늘이 휴대폰을 꺼내 연습실을 배경으로 셀카를 찍으려는데 연석이 제지했다.

"사진은 되도록 찍지 마라. 알잖니. 우리는 다 보여 주면 안 된다는 거."

아까 계약서에도 드래곤 시티 내부 비밀 유지에 관한 내용이 적혀 있었다. 이런 것도 전부 다 포함되나 보다. 오늘이는 드래곤 시티의 사진을 왜 볼 수 없었는지 이해가 갔다. 앞으로 주의하겠다며 휴대폰을 내려놓는데 윤빈과 눈이 마주쳤다.

윤빈은 오늘이가 들고 있는 휴대폰을 노려봤다. 사람이 실수 좀 할 수도 있지 뭘 저렇게까지 쳐다보는지 모르겠다.

합격

잠시 후 춤 담당인 음한석 실장이 들어왔다. 기본 수준을 보겠다며 음악을 튼 후 자유롭게 춤을 추라고 했다. 리듬에 맞춰 다들 춤을 추기 시작했고 오늘이는 흠칫 놀랐다.

소문대로 밀키트가 맞았다. 다들 완성 직전으로 춤을 잘 췄다.

마지막 기회

느낌이 좋다.

연석은 케이 팀의 연습 영상을 돌려 보고 또 돌려 봤다. 비주얼과 실력만 믿고 연습을 게을리하면 어쩌나 걱정했지만 기우였다. 다들 데뷔를 향한 열망이 무척 강했다. 하나를 가르치면 열을 할 줄 아는 아이들이라 배운 것을 스펀지처럼 흡수했다.

보컬과 춤, 랩을 가르치는 선생님들도 케이 팀의 실력이 나날이 늘고 있다고 칭찬했다. 다만 네 아이들과 달리 오늘이는 배우는 속도가 조금 더디긴 하지만, 열심히 하고 있다며 지켜보자고 했다. 오늘이가 가장 늦은 시간까지 연습한다는 이야기를 다른 직원들을 통해 전해 들었다.

연석은 문득 20여 년 전의 자신이 떠올랐다.

연석도 누구보다 열심히, 많이, 오래 연습했다. 다들 연석처럼 하면 데뷔를 못 할 리가 없다고 칭찬했다.

하지만 이 세계는 열심히 한다고 성공하는 곳이 아니다. 모두가 열심히 하기에 노력과 시간은 변별력이 되지 못한다. 연습하지 않으면 불안했고 두려웠기에 연습량에 더 매달렸다. 그때는 아이돌이 되지 못하면 인생이 끝나는 줄 알았다.

화면 속에서 단연 눈에 띄는 건 윤빈이다. 윤빈을 설득하여 팀에 합류시키길 잘했다. 윤빈이 연석을 찾아온 건 1년 전이다. 윤빈은 연석의 사촌 형인 진석의 아들로 오촌 조카다. 어릴 때는 진석과 자주 어울렸지만 어른이 되고 난 후에는 서로 바빠 안부만 물었다. 그래서 진석의 아들인 윤빈과는 집안 행사 때 한두 번 마주친 게 다다. 윤빈은 가수가 되고 싶다며 자신이 만든 곡을 갖고 왔는데, 그보다 일주일 먼저 진석이 연석을 찾아왔었다. 진석은 아들이 가수가 되길 바라지 않는다며, 윤빈이 찾아오면 무조건 거절해 달라고 부탁했다.

"연석아, 네가 누구보다 잘 알잖아. 데뷔하는 것조차 쉽지 않다는 거. 너도 못 한 걸 우리 윤빈이가 어떻게 하겠어."

연석은 윤빈을 돌려보냈지만 진석의 부탁 때문만은 아니었다. 윤빈이 만든 곡은 미디엄 템포의 발라드였는데 중학생이 만든 것치고 괜찮기는 했지만 딱 그 정도였다.

그 당시 연석은 드래곤 시티 기획사가 아닌 드래곤 프로덕션에서 드라마 제작을 하고 있던 시기였다. 윤빈에게 기획사 오디션 담당자 명함을 주며 찾아가 보라고 했다.

"제가 새로 곡 만들면 메일로 보내도 될까요?"

"그러렴."

그 이후에 몇 번 윤빈은 연석에게 자신이 만든 데모곡을 메일로 보냈다. 하지만 굳이 들어 보지는 않았다. 그렇게 잊고 있었는데 어느 날 메일 정리를 하다가 윤빈이 보낸 메일을 봤다.

곡은 평범했지만 미성의 목소리가 자꾸 귀에 맴돌았다. 윤빈이 노래하며 춤을 추는 모습이 저절로 그려졌고 그 옆으로 다른 아이들이 하나둘 모여 팀을 이루었다.

연석은 드라마 제작이 재미가 없지는 않았다. 하지만 재미가 있지도 않았다. 직접 제작한 드라마가 줄지어 히트를 쳤고, 연석은 드라마 제작 업계 미다스의 손으로 불렸다. 다들 연석에게 드라마를 만드는 재능이 있다며 길을 잘 찾았다고 했다.

하지만 연석은 드라마 작업을 하면서 설레지 않았다. 그런데 무대 위에 선 윤빈과 다른 아이들을 상상하자 가슴이 뛰기 시작했다. 다시 한번 아이돌을 만들고 싶었고 이번에는 성공할 자신이 있었다. 연석은 곧바로 윤빈을 찾아가 가수로 만들어 주겠다고 제안했다.

마지막 기회

윤빈이 단번에 오케이를 할 줄 알았는데 아이돌이 되는 건 원치 않는다며 거절했다. 윤빈은 싱어송라이터로 솔로 가수가 되길 원했다.

"우선 아이돌로 데뷔를 해. 그래야 네가 하고 싶은 음악을 할 수 있다고. 지금의 너는 단독으로 음원을 발표할 수 없어. 혹시 하게 되더라도 누가 듣겠니?"

윤빈에게 냉혹한 현실을 알려 주는 쓴소리 채찍과 꿈을 지원하겠다는 달콤한 당근을 주며 한 달을 넘게 설득했다.

"정말 잘했다, 부연석."

연석은 오른손을 들어 제 머리를 쓰다듬었다. 스스로 하는 칭찬은 아무리 해도 과하지 않다.

케이 팀의 연습 계획표를 살핀 후 연석은 방에서 나와 점심을 먹으러 구내식당으로 갔다. 음식을 받아 자리를 잡고 앉았는데 드래곤 시티의 대표인 주신아가 식당으로 들어오는 게 보였다. 연석은 못 본 척했다.

"왜 이렇게 만나기 힘들어? 요즘 매일 출근한다며?"

주신아가 식판을 들고 굳이 연석의 자리 쪽으로 왔다.

'제발 좀 다른 데로 가라. 제발 좀.'

그러나 연석의 바람과 달리 신아는 연석의 맞은편 의자를 빼내어 앉았다.

"부대표, 얼굴이 아주 좋아 보이네."

"안 좋을 게 뭐가 있겠어?"

연석은 여유롭게 웃으며 대답했다.

"대표님은 좀 피곤해 보이는데?"

"요즘 바빠도 너무 바빠. 이번에 매직펄 신곡이 또 빌보드 갔잖아. 콜라보 요청이 얼마나 들어오는지 몰라. 나도 그렇지만 우리 애들 쉴 틈이 없다니까. 오늘 칠레 공연 끝나고 입국해."

연석은 괜히 물어봤다 싶었다. 신아는 매직펄에 대해 미주알고주알 다 이야기했다. 연석은 밥 대신 매직펄 자랑을 먹고 있는 것만 같았다.

지금 드래곤 시티의 대표 아이돌은 매직펄이다. 회사에서는 다들 매직펄을 좋아하지만 연석은 아니다. 매직펄만 아니었어도 신아에게 자신의 자리를 뺏기지는 않았을 거다.

신아와 알게 된 건 20년도 훨씬 전이다. 신아와 연석은 드래곤 시티의 첫 연습생이었다. 신아는 걸 그룹으로 데뷔를 했지만 연석은 데뷔하지 못했다. 대표의 아들인 연석이 데뷔하지 못한 것을 두고 다들 드래곤 시티가 실력 중심 회사라고 했다.

데뷔가 좌절된 후 연석은 군 입대를 했다. 그 당시 신아가 소속된 '케어리'는 군인들이 가장 좋아하는 걸 그룹이었다. 신아는 주신아라는 이름 대신 여신 같다고 해서 '여신아'로 불렸다.

마지막 기회

연석은 신아가 지인이라는 말을 한 번도 꺼내지 않았다. 그랬다면 군 생활이 조금 편해졌을 수도 있지만 신아의 덕은 아주 조금도 보고 싶지 않았다.

제대한 후 연석은 드래곤 시티로 다시 돌아왔다. 이번에는 연습생이 아니라 기획실 직원이었다. 연석은 자신이 직접 무대에 오르지는 못해도, 연습생을 뽑고 가르치는 게 좋았다. 연석은 아이돌과 대중이 만날 기회가 필요하다며 아버지에게 강력하게 주장해 드래곤 시티가 직접 방송을 제작하는 DC 미디어를 만들도록 했다. DC 미디어에서 만드는 드라마와 예능 프로그램에 드래곤 시티 소속 아티스트가 종종 출연했다.

연석이 실장 자리에 올라 직접 아이돌 그룹을 디렉팅하게 되었을 때 신아가 소속한 케어리가 해체했다. 케어리는 1세대 아이돌 그룹이었기에 아이돌 활동을 계속하기에는 나이가 많았다. 케어리 멤버들은 배우가 되거나 예능 프로그램 방송을 하며 연예인 활동을 계속했지만, 신아는 은퇴를 선언했다. 그리고 아이돌을 만들고 싶다며 드래곤 시티에 입사했다.

연석이 말단 직원부터 시작한 것에 반해 신아는 아이돌 활동 프리미엄 덕분에 단박에 실장이 되었다. 신아가 기획한 걸 그룹들은 크게 히트하지는 못해도 '주신아의 아이들'로 불리며 제법 인기를 얻었다.

연석은 연습생 중 가장 뛰어난 멤버들을 모아 보이 그룹을 만들었다. 그렇기에 회사 내 평가에서 늘 최고 점수를 얻었고 그만큼 지원도 많이 받았다. 유명 작곡가에게 곡을 받고 뮤직비디오는 영화제에서 수상한 영화감독이 맡았다. 드래곤 시티가 제작하는 예능 프로그램에 출연도 했다.

이 정도면 뜨지 못하는 게 더 이상했지만 그런 일이 생겨 버렸다. 심지어 음원 차트에 진입조차 하지 못했다. 언젠가 뜰 기회를 기다리며 멤버들이 조금 더 버텨 주기를 바랐지만 연석이 제작한 아이돌 그룹의 멤버들은 계약 기간이 지나면 뒤도 돌아보지 않고 그만두었다. 그리고 소리 소문도 없이 사라졌다.

반면에 신아의 기획은 점점 더 성공했다. 그중 매직펄은 한국뿐만 아니라 세계적으로 인기를 얻었고 드래곤 시티 하면 매직펄이, 매직펄 하면 드래곤 시티가 자동으로 따라붙었다.

드래곤 시티의 창업자였던 연석의 아버지는 자신의 후임으로 신아를 택했다. 창업자의 아들인 연석 대신 신아가 대표가 되자 이번에도 사람들은 드래곤 시티가 실력 중심이라고 했다. 그나마 연석이 드래곤 시티의 부대표가 될 수 있었던 건 DC 미디어의 지분 덕분이다.

"참, 관리 팀이 그러던데 케이 팀 마지막 멤버는 검증 시스템을 안 돌렸다며?"

"바쁜 대표님께서 참 자잘한 것까지 신경 써 주시네."

연석은 '내 일은 내가 알아서 할 테니, 주신아 너는 네 일이나 해라!'라는 말을 돌려서 했다. 신아가 말하는 마지막 멤버는 '오늘'이었다.

"걱정하지 마. 안다 도사님이 직접 골라 줬어."

"그렇다면 다행이고. 예전에 검증 제대로 안 해서 큰일 날 뻔했잖아."

연석도 그때 일을 기억한다. 10년 전 드래곤 시티에서 미리족이 아닌 일반인이 연습생이 된 일이 있었다. 그 연습생은 데뷔하지 못했는데 자신을 데뷔시켜 주지 않으면 드래곤 시티의 정체를 폭로하겠다고 했다. 그걸 주신아가 해결했다. 이후로 미리족이 맞는지 집안 검증을 따로 하는 시스템이 생겼다.

"연석아."

신아가 연석을 부대표가 아닌 이름으로 불렀다. 연석은 밥을 먹다가 저도 모르게 인상을 구겼다. 연석은 신아에게 이름으로 불리고 싶지 않았다. 이름을 부른다는 건 가까운 사이에서나 하는 거다. 그래서 연석은 신아를 꼬박꼬박 '대표님'으로 불렀다.

"꼭 그렇게까지 해야 돼? 그냥 너 잘하는 거 하면 되잖아. 왜 다 버리려고 해?"

"버리긴 누가 버려? 나 이번에는 꼭 성공시킬 거라고."

연석이 다시 아이돌 그룹을 만든다고 했을 때 회사의 반대가 심했다. 이제까지 끼친 손해 금액을 구체적인 수치로 알려 주며 (연석도 그 정도일 줄은 몰랐다.) 더 이상 지원하지 않겠다고 통보했다. 연석은 연습생 프로젝트에 자신이 기획한 팀을 후보로 끼워 달라고 부탁했다. 연습생 열 팀에 한 팀 더 생긴다고 회사가 크게 손해 보는 일은 없을 거라 설득했다. 이미 열 팀은 뽑혀서 진행 중이었기에 뒤늦게 합류한 연석의 팀은 그만큼 연습을 덜 하게 되는 핸디캡이 있다. 그걸 감수하고 제안했지만 신아는 회사 규정상 어렵다고 했다. 하는 수 없이 연석은 자신이 가진 카드를 전부 쓰기로 했다. 연석의 팀이 데뷔하지 못하면 연석이 소유한 드래곤 시티의 지분을 모두 내놓는 것으로 말이다.

"연석아, 너 그거 집착이야."

"아니, 내 꿈이야."

"네가 못 이룬 꿈을 네가 키운 아이들이 대신 이뤄 주길 바라는 거야?"

"아니거든. 두고 봐. 이번에는 반드시 성공할 거니까."

연석은 먼저 가 보겠다며 자리에서 일어났다. 식판을 퇴식구에 내려놓았다. 오전에 좋았던 것만큼 그대로 기분이 나빠졌다. 괜찮다. 합치면 제로니까.

'버리긴 누가 버린다는 거야.'

연석은 신아의 말을 신경 쓰지 않으려고 했다. 케이 팀은 이제까지와는 다를 거다. 달라야만 한다.

지하 연습실에서는 케이 팀의 춤 연습이 한창이었다. 3일에 하나씩 기존 아이돌 그룹의 안무를 완벽하게 커버한 후 검사를 받는다. 한 곡을 익히는 데 주어지는 시간이 3일이지만, 3일째에는 검사를 받아야 하기 때문에 엄밀히 따지면 이틀밖에 연습 시간이 없다.

기본 춤 동작을 배우는 것보다 커버 댄스를 통해 다른 곡의 안무를 따라 하는 방식으로 연습하는 중이다. 이번 주 연습곡은 매직펄의 '홀리데이'다. 음원이 발표된 지 얼마 되지 않았지만 댄스 챌린지가 유행해 몇 주째 2위를 지키고 있다.

"아, 이게 잘 안 되네."

거울 앞에서 오늘이는 손가락으로 하트를 만드는 동작을 반복했다.

"대겸아, 이렇게 하는 거 맞지?"

오늘이는 뒤쪽에 앉아 있는 대겸에게 물었다. 대겸은 진즉에 홀리데이 안무를 다 익혔다. 대겸뿐만 아니라 윤빈과 해인, 승찬도 그런 듯했다. 하나둘 바닥에 자리를 잡고 앉아 쉬고 있었고 연습을 계속하는 건 오늘이뿐이다.

"형, 오른쪽 어깨를 더 부드럽게 돌려 봐."

대겸이 알려 주는 대로 하니 나아졌다. 오늘이는 홀리데이를 흥얼거리며 춤을 췄다. 어깨를 신경 쓰다 보니 이번에는 발동작이 틀렸다.

"내가 하는 거 봐 봐."

대겸이 일어나 오늘이가 헷갈리는 동작을 천천히 보여 줬다. 오늘이는 대겸을 따라 했다.

"오케이! 형, 맞아. 그렇게 박자에 맞춰 발을 움직여."

대겸이 시범을 끝냈다. 대겸이는 몸을 너무 가볍게 움직여서 마치 공중에 떠 있는 것처럼 보인다. 그런데 지금은 꽤 길게 떠 있었고 오늘이는 헛것을 보나 싶어 눈을 비볐다. 다시 눈을 떠 보니 대겸의 발은 바닥에 붙어 있다.

요즘 피곤해서 그런지 자꾸 헛것이 보였다. 어제는 2층 계단 난간에서 빨간 옷을 입은 누군가 뛰어내리는 걸 봤다. 사고가 났나 싶어 놀라서 달려갔더니 빨간 옷은 음 선생님이었다. 선생님은 바쁜지 곧장 로비 쪽으로 달려갔다.

사람이 2층에서 뛰어내렸는데 그리 멀쩡할 리가 없다. 오늘이가 잘못 본 게 틀림없다.

"이제 다 같이 맞춰 보자."

윤빈의 말에 앉아서 쉬고 있던 아이들이 일어났다.

마지막 기회

리더인 윤빈을 중심으로 양옆으로 두 명씩 섰다. 곧바로 홀리데이 음악이 흘러나왔고 리듬에 맞춰 춤을 추기 시작했다.

몇 번씩 동작 실수를 한 오늘이와 달리 나머지 네 명은 완벽에 가까울 정도로 잘 췄다. 오늘이도 어디 가면 춤 좀 춘다는 이야기를 꽤 들었다. 춤 동작을 익히는 걸 이쪽에서는 일명 '춤을 딴다'라고 표현하는데, 오늘이는 어떤 춤이든 금방 익힐 수 있었다. 그래서 춤을 따는 속도도 빠르고 동작도 정확하다고 칭찬도 많이 받았다.

그런데 케이 팀 아이들과 비교하면 오늘이가 배우는 속도가 가장 느렸다. 오늘이가 처음 보는 춤을 두세 번 보고 전부 외울 수 있다면, 케이 팀 아이들은 두세 번 본 춤을 당장 정식 무대에 오를 수 있을 정도의 수준으로 완벽히 구현해 냈다.

댄스 경연 대회에서 수상 경력이 많은 대겸뿐 아니라 해인, 승찬도 춤을 잘 췄고, 노래만 부르고 춤은 춰 본 적이 거의 없다는 윤빈마저도 오늘이보다 잘했다.

연습생 생활을 시작한 후 오늘이는 자신이 우물 안 개구리였음을 깨닫고 있다. 춤뿐만이 아니다. 오늘이를 제외한 네 명의 아이들은 발성도 좋았다. 폐활량이 좋은지 목소리도 크고 오랜 시간 보컬 수업을 해도 지치지 않았다.

"언제까지 더 해야 하는 거야."

윤빈이 혼잣말을 했다. 음 선생님은 춤 연습이 끝나면 남아서 연습을 더 하든지 집으로 가든지 알아서 하라고 했다. 오늘이를 제외한 아이들은 더 이상 홀리데이를 추지 않아도 될 만큼 다 터득했다. 문제는 오늘이었다.

"난 조금만 더 연습하다 갈게. 너희들 먼저 가."

오늘이가 아이들에게 말했다. 다들 내키지 않는 표정이다. 내일 통과를 받지 못하면 다음 노래로 넘어갈 수 없다. 50곡의 커버 댄스를 끝내야 안무 짜기 수업을 받을 수 있다.

"내일까지 다 마스터해 놓을게."

오늘이가 걱정하지 말라며 큰소리쳤다. 벌써 연습실에 온 지네 시간이 넘었다. 윤빈과 승찬, 해인이 짐을 챙겨 내일 보자는 인사를 하고 나갔지만 대겸은 그대로 있었다.

"너도 가. 늦었잖아."

"난 원래 늦게 자서 괜찮아."

대겸이 오늘이 곁에 남아 같이 안무를 맞춰 주었다. 대겸 덕분에 오늘이는 조금씩 나아졌다.

오늘이와 대겸은 목이 말라 연습실에서 나왔다. 지하 1층 정수기 옆에도 비바리움이 있다. 오늘이가 물을 따라 마시는데, 대겸은 비바리움에서 게코 도마뱀 '롱롱이'를 꺼내 제 손등에 올렸다. 도마뱀 중 유달리 꼬리가 길어 이름이 롱롱이다.

마지막 기회

오늘이는 대겸이 옆에서 한 발짝 물러났다. 비바리움 안에 두고 보는 건 좋지만 가까이 가는 건 도저히 못 하겠다.

"참, 윤빈 형이 케이 팀 리더가 된 이유를 알아냈어."

"윤빈이 잘하니까."

"그건 맞지만, 사실 그것 때문은 아니야."

"그럼 뭔데?"

대겸이 오늘이 옆으로 바짝 붙어 섰다. 롱롱이가 오늘이 쪽으로 달려들까 봐 걱정이 되었지만 다행히 대겸이 오른손으로 잘 쓰다듬고 있다. 대겸은 누가 들으면 안 되는 이야기인지 오늘이 귀에 대고 말했다.

"윤빈 형 집안이 진성이래."

"진성?"

"진성은 못 이겨. 린아 누나도 진성이거든. 아, 나는 왜 이성인 거야."

오늘이는 대겸의 말을 이해하지 못했다. 진성이라는 회사가 있는 건가? 그게 뭐냐고 물어보려는데 대겸의 휴대폰 벨이 울렸다. 대겸은 롱롱이를 비바리움 안에 조심히 내려놓은 후 전화를 받았다. 대겸은 지금 갈 수 있다고 말하며 전화를 끊었다.

"형, 나 먼저 갈게."

대겸이 가고 난 후 오늘이는 비바리움을 멍하니 들여다봤다.

초록색을 보고 있으니 머리가 맑아진다. 그래서 회사에서 층층마다 비바리움을 뒀나 보다.

롱롱이가 오늘이를 뚫어지게 바라보고 있다. 이 도마뱀 때문인가? 대겸뿐만 아니라 승찬, 해인, 윤빈 모두 스스럼없이 비바리움에 있는 파충류를 꺼내어 먹이도 주고 쓰다듬었다. 하지만 오늘이는 그걸 못 한다. 오늘이와 나머지 넷의 차이점은 그것밖에 없다. 혹시 롱롱이가 춤을 잘 추고 노래를 잘 부를 수 있는 능력을 주는 게 아닐까?

"나한테도 좀 줘라. 응?"

갑자기 롱롱이가 긴 혀를 내밀더니 풀 속으로 사라졌다. 뭐야? 싫다는 거야?

롱롱이가 능력을 주다니 무슨 말도 안 되는 생각이냐. 그럴 시간에 차라리 연습을 더 하는 게 낫겠다.

케이 팀이 홀리데이 노래에 맞춰 춤을 추는 내내 음 선생님은 아주 흡족한 얼굴이었다. 잠시 후 노래가 끝났다. 다행히 오늘이는 한 번도 실수하지 않았다. 케이 팀은 다 같이 엔딩 포즈를 한 채 음 선생님의 평가를 기다렸다. 음 선생님이 엄지를 척 올렸다.

"오케이, 통과."

대겸이 오늘이의 어깨에 팔을 둘렀고, 해인과 승찬도 잘됐다며 주먹으로 살짝 오늘이의 어깨를 쳤다.

오늘이는 속으로 안도의 숨을 내쉬었다. 어제 밤늦게까지 연습하길 잘했다. 아침에도 학교 가기 전에 새벽부터 일어나 연습하고 또 연습했다.

"날이 갈수록 실력이 느는구나. 그래도 우리가 경계해야 할 건 과신이야. 타고난 것만 믿는 게 제일 위험해."

"네."

음 선생님이 또 '우리'에 대해 이야기했다. 음 선생님뿐만 아니라 다른 선생님들도 특별한 '우리'에 대해 자주 말한다. 이게 바로 기획사의 정신 교육 같은 건가 보다.

"우리가 다 용이 되는 건 아니니까."

다음 연습할 곡을 검색하는 음 선생님에게 오늘이가 다가가 한 가지 제안을 했다.

"선생님, 저희도 홀리데이 챌린지 영상 올리면 안 돼요? 드래곤 시티 연습생들이 했다고 하면 주목받을 것 같은데."

"우리는 그런 거 안 올려."

음 선생님이 오늘이의 말을 단칼에 거절했다. 오늘이는 드래곤 시티의 신비주의가 답답했다. 드래곤 시티 아이돌은 그 흔한 브이로그도 올리지 않았다.

사전에 약속된 프로그램이나 콘서트에만 출연하고 일상을 보여 주는 영상이나 사진은 일절 찍지 않는다. 그러다 보니 드래곤 시티 아이돌은 실제가 아니라 가상 아이돌이 아니냐는 우스갯소리도 나왔다.

　"이제 이 곡 연습해라. 세븐렉스 신곡인데 다음 주에 뮤비 찍을 거야. 연습 팀 중에서 가장 잘하는 팀이 백댄서로 출연하기로 했어."

　세븐렉스는 올해 데뷔한 드래곤 시티의 보이 그룹이다. 음 선생님이 세븐렉스가 춤추는 영상을 보여 줬는데 동작이 크고 화려했다. 음 선생님은 동작을 하나씩 보여 주며 따라 하도록 했다. 처음 접한 노래라 안무가 눈에 잘 익지 않았는데, 오늘이와 달리 다른 아이들은 금세 따라 했다.

　아무리 케이 팀이 다 같이 데뷔하든지 다 같이 못 하든지 둘 중 하나라고 하지만 계속 이대로라면 뒤처지는 오늘이가 설 곳이 없다.

　오늘이는 며칠 전 은준과의 전화 통화 내용이 떠올랐다. 은준은 오늘이와 함께 오디션 준비를 하던 친구다. KN 뮤직의 연습생이 된 은준은 합숙 생활을 하느라 한동안 연락이 되지 않았다. 오랜만에 은준에게 연락이 왔고 오늘이는 드래곤 시티의 연습생이 된 것을 알렸다.

오늘이는 은준 덕분에 드래곤 시티 오디션을 볼 수 있었다. 원래는 은준에게 드래곤 시티 오디션 제안이 왔었다. 하지만 은준은 이미 KN 뮤직에 합격해 연습생 생활을 하고 있었고, 오늘이는 오디션을 그만 보러 다녀야 하는지 심각하게 고민하는 중이었다. 은준은 자신이 받은 드래곤 시티의 시크릿 코드를 오늘이에게 대신 주었었다.

> 나 드래곤 시티 오디션 합격했어. **오늘**

오늘이가 메시지를 보내자마자 은준에게 곧바로 전화가 왔다. 은준은 그럴 리가 없다며 혼자 횡설수설했다.

"진짜야? 네가 붙었다고? 미리가 아니라 안 될 텐데……."

오늘이는 은준의 말에 서운했다. 하지만 이래서였을까. 은준은 드래곤 시티 연습생의 실력을 알고 있기에 그렇게 말했는지도 모른다.

새로운 동작을 배우던 오늘이는 자꾸 실수를 했다. 집중력이 떨어지는 것 같아 화장실로 와서 세수를 했다.

다시 연습실 쪽으로 돌아가는데 비바리움 앞에 대겸이 있다. 어? 대겸이 또 공중에 떠 있다. 이번에는 잘못 본 게 아니다.

오늘이는 대겸을 향해 달려가 팔을 잡았다.

대겸의 발이 여전히 5cm쯤 들려 있다. 공중에 떠 있는 대겸도, 2층에서 뛰어내린 음 선생님도 오늘이가 잘못 본 게 아니었다.

"너 떠 있는 거 맞지?"

대겸이 씩 웃으며 바닥으로 내려왔다.

"우리끼리는 괜찮잖아."

대겸마저 또 '우리' 타령을 했다. 연석과 선생님에 이어 대겸까지 왜 이러는 거지.

"우리가 대체 뭔데?"

"뭐긴. 미리잖아."

대겸이 대수롭지 않게 그 말을 한 후 연습실로 들어갔다.

'미리'가 도대체 뭐지? 은준도 그 말을 했는데. 비바리움 속 롱롱이와 눈이 마주쳤다. 롱롱이는 그것도 모르냐는 표정을 지으며 오늘이를 비웃었다. 말도 안 돼. 도마뱀이 어떻게 웃지? 이건 다 환상이야.

하지만 오늘이는 수상하다는 생각을 지울 수 없었다.

드래곤 시티의 정체

　은준이 1층 입구에서 걸어 나오는 게 보였다. 오늘이는 은준을 향해 달려갔다.

　"미리가 뭐야?"

　오늘이는 문자로 보낸 걸 똑같이 물었다. 은준은 조용히 하라고 말하며 오늘이의 팔을 잡아끌었다.

　은준은 분명히 말했다. "넌 미리가 아닌데."라고. 그날은 대수롭지 않게 여겼지만 대겸의 말을 듣고 은준의 그 말이 떠올랐다.

　"넌 뭔가 알고 있잖아. 그렇지?"

　"제발 조용히 좀 해 봐."

　은준은 사람이 다니지 않는 골목 끝으로 오늘이를 데려갔다.

"드래곤 시티 사람들 이상해. 막 공중에 떠 있고 높은 곳에서 뛰어내려도 멀쩡해. 아, 또 있다."

오늘이는 케이 팀 멤버들의 행동을 하나씩 되짚어 봤다. 승찬은 200페이지가 넘는 책을 10분도 채 걸리지 않아 다 읽은 후 통째로 외웠다. 해인은 강아지와 대화를 했고 대겸은 죽은 화분을 가져와 살렸다. 속독을 배웠거나 동물을 좋아하는구나 싶어 넘겼는데 보통 사람의 능력이라고 보기엔 좀 남달랐다.

"미리가 뭐야? 초능력자야? 인터넷 검색했더니 이무기의 옛말이라던데."

"맞아. 그거."

"그거 뭐? 초능력자? 그런 게 진짜 존재해?"

"앞의 거 말고 뒤의 거."

은준은 미리가 이무기 족이라고 했다.

"말도 안 돼. 그건 전설 속 이야기잖아."

"전설이 어떻게 생겼겠어? 진짜 있었던 일이 변형되며 전해 내려오는 거라고."

은준의 말을 듣고 보니 그렇긴 했다.

"김은준, 그럼 너도 미리야?"

"어, 그런데 우리도 똑같은 사람이야. 다만 미리 피를 받았을 뿐이지. 그래서 조금 특별한 능력을 가지고 있어."

전설 속 용이 되지 못한 이무기들이 있다. 영노, 바리, 훼룡, 이룡, 강철 등등 이무기를 뜻하는 이름은 아주 많다.

그중 미리는 인간과 사랑에 빠져 인간이 되길 선택한 이무기들이다. 인간 세상에 남아 인간과 결혼한 이무기는 아이를 낳았고, 그 아이가 어른이 되어 또 아이를 낳았다. 그렇게 수백 년간 시간이 흘러 미리 피를 가진 인간들이 세상에서 함께 살아가게 되었다.

"그럼 드래곤 시티는 미리만 갈 수 있는 거야?"

"응. 미리족만 뽑아. 실은 미리가 아이돌이 되기에 아주 적합하거든."

"왜?"

"우리 조상이 다리 없이 지냈기에 몸이 가벼워. 공중에 뜨는 것도 다 그 덕분이야. 그러니까 춤을 잘 출 수밖에 없어. 물속에서 오랜 시간 살았기에 폐활량이 좋아서 노래도 잘해."

오늘이는 그제야 케이 팀 멤버들의 남다른 능력이 이해가 되었다. 오늘이가 부족한 게 아니라 미리인 그들이 뛰어나게 타고난 것이었다. 은준은 미리족에 대한 사실을 하나 더 들려주었다.

"무엇보다 우리는 사람들에게 인기를 끌고 싶어 하는 본능이 있어."

오늘이는 고개를 끄덕이며 은준의 말을 들었다.

"난 네가 오디션 그만 보겠다고 하기에 말릴 생각으로 시크릿 코드를 준 거야. 드래곤 시티의 제안을 받았다고 하면 너도 기운 내서 할 테니까. 오늘이 네가 아니었으면…… 오늘날의 나는 없었을 거잖아."

오늘이는 작년 일을 떠올렸다. 은준과 같은 학교는 아니었지만 오디션 준비 카페에서 만나 친해졌다. 그 당시 은준을 협박하는 아이들이 있었다. 은준이 중2 때 어울린 아이들이었는데 은준이 담배 피우는 사진을 가지고 있었다. 은준의 꿈이 아이돌이라는 것을 알게 된 후 그 사진을 가지고 은준을 협박했다. 돈을 주지 않으면 나중에 사진을 인터넷에 올리겠다는 거였다. 담배 사진 한 장이었지만 녀석들은 그 사진을 가지고 여러 가지 말을 만들어 낼 수 있다고 당당하게 말했다.

김은준 일진이었다고 글 올려야지 ㅋㅋ

진위를 밝힐 새도 없이 은준은 퇴출을 당하게 될지도 모른다. 겁이 난 은준은 자신의 용돈을 가져다주기 시작했고 나중에는 가진 물건을 팔아 돈을 구했다. 최신형 휴대폰도 팔고 운동화도 팔았다.

은준이 협박당하고 있다는 걸 알게 된 오늘이는 기가 막혔다.

드래곤 시티의 정체

아직 아이돌 연습생이 된 것도 아니고, 고작 사진 한 장으로 사람을 이렇게 궁지에 몰 수 있다니. 오늘이는 은준에게 녀석들과 한 일이 뭔지 솔직히 말하라고 했다. 은준은 호기심에 담배 두 번 피운 게 다라고 했다.

"진짜야. 그게 다야."

"그런데 뭘 그렇게 쫄아서 협박당하고 있어?"

"아이돌은 이미지가 중요하잖아. 이미지 망가지면 데뷔를 못 하니까."

지금 이 문제를 해결하지 않으면 협박하는 아이들은 나중까지 그럴 거다. 오늘이는 녀석들이 보낸 협박 문자와 통화 내용을 전부 모아서 은준이 신고하도록 도왔다.

학폭 가해자가 된 녀석들은 처분을 최대한 낮추기 위해 그간 있었던 일을 상세히 반성문에 써서 제출했고 은준이 피해자라고 밝혔다. 오늘이가 나서지 않았다면 은준은 지금까지 협박을 받고 있었을 거다.

"그럼 드래곤 시티에서는 나도 미리로 알고 있다는 거야?"

"당연하지. 미리가 아니면 뽑힐 수 없단 말이야. 최종 합격이 발표되기 전에 분명 집안 검증을 했을 텐데."

은준은 계속 고개를 갸우뚱거렸다. 이해가 가지 않는 건 오늘이도 마찬가지였다.

"오늘아, 이왕 이렇게 된 거 버텨 봐. 어쨌거나 넌 드래곤 시티 오디션에 붙었어. 네가 능력이 되니까 붙은 거라고."

은준은 미리라고 크게 다를 건 없다며 기죽지 말라고 했다.

"네가 미리가 아닌 걸 절대로 들켜서는 안 돼. 미리가 아닌 게 밝혀지면 쫓겨날 거야. 거기는 미리만 연습생으로 받거든."

오늘이는 그동안 드래곤 시티에 있으면서 이해가 가지 않았던 것을 은준에게 물었다.

"그런데 진성은 뭐야?"

"아, 부모가 둘 다 미리인 집안이야. 이성은 부모 한 명만 미리인 거고. 그래서 이성이 대부분이고 진성은 거의 없어."

오늘이는 왜 대겸이가 윤빈의 집안을 두고 호들갑을 떨었는지 그제야 이해가 됐다.

"넌 이성 집안인 거로 해. 진성은 몇 집 안 되어서 자기들끼리 알아. 이성 집안은 워낙 많으니까 너희 집이 이성이라고 해도 이상할 게 없어."

은준은 미리 피를 가진 인간이 의외로 많다고 알려 주었다. 대외적으로 대놓고 말하지 않을 뿐이다.

"앞으로 궁금한 거 있으면 연락해."

은준은 너무 오래 나와 있었다며 그만 들어가겠다고 했다. 헤어지기 전 오늘이가 하나 더 물었다.

"근데 넌 왜 드래곤 시티 오디션 안 본 거야? 같은 미리족끼리 모이면 더 좋잖아."

"우리끼리 모이면 만년 2등이야."

은준은 그게 바로 '이무기의 저주'라고 했다. 곰곰이 따져 보니 드래곤 시티에서 데뷔한 그룹은 잘해야 2등이었다. 지금 드래곤 시티를 이끌고 있는 매직펄도 인기가 상당히 많지만 독보적인 걸 그룹 '라듀스'에 밀려 늘 2등이었다.

"난 1등하고 싶거든."

그 말을 하는 은준의 눈빛이 무섭도록 반짝였다.

케이 팀이 세븐렉스 뮤비에 출연하게 되었다. 촬영은 드래곤 시티의 자회사인 DC 스튜디오에서 진행한다. 차를 타고 가는 동안 매니저 형이 주의를 줬다.

"참, 너희들 스튜디오에서 조심해야 해. 거기는 회사랑 달라. 아무 곳에서 떠 있지 마라. 특히 대겸이! 알았지?"

오늘이가 관찰한 바에 따르면 드래곤 시티 회사에서 근무하는 사람은 전부 미리다. 연습생뿐만 아니라 직원들도 같은 미리만 채용한다. 그래서 회사에 있다 보면 진기한 모습들을 많이 보게 된다.

드래곤 시티의 정체를 알게 된 후, 오늘이는 연습생을 여기서 그만둬야 할지 말지 고민했다. 은준은 미리가 일반 인간과 아주 조금 다를 뿐이라고 했지만, 미리들 사이에서 버텨 낼 수 있을지 자신이 없었다.

하지만 어떻게 뽑힌 연습생인데. 어쩌면 이번이 마지막 기회일지도 모른다. 그만두라고 하는 오늘이와 할 수 있다는 오늘이가 매일 다퉜다. 어제는 꿈도 이상한 걸 꿨다. 구렁이로 변한 부대표가 오늘이를 집어삼키려는 듯 쫓았고 오늘이는 비명을 지르며 꿈에서 깼다.

"이번에 Q 뮤직에서 신인 나온 거 봤어?"

맨 뒷자리에 앉은 대겸이 멤버들에게 물었다.

"아니."

두 번째 줄에 앉은 해인이 몸을 돌려 대답했다.

"완전 뜰 거 같아."

대겸이 휴대폰으로 영상을 보여 줬다. 해인과 대겸은 Q 뮤직 신인에 대해 계속 이야기를 주고받았다. 말이 많은 대겸과 해인은 죽이 잘 맞는다. 반면에 승찬과 윤빈은 말이 거의 없다.

랩을 할 때 승찬을 보면 평소와 너무 달라 같은 사람이 맞나 싶을 정도다. 평소에 승찬은 수줍음이 많고 조용한데 랩을 할 때면 에너지가 넘친다. 랩도 아주 빠르고 정확하다.

윤빈은 승찬처럼 내성적인 건 아닌데 딱 필요한 말만 한다.

드래곤 시티의 정체

연습과 관련된 이야기 외에는 잘 하지 않는다. 대겸은 그런 윤빈을 두고 AI 같다고 했다. 그러다 보니 다섯 명이 함께 있을 때 대겸, 해인의 목소리만 들린다.

지하 주차장에서 내린 후 스튜디오로 들어왔다. 촬영 장소의 벽들은 온통 녹색 크로마키 스크린으로 되어 있다.

"배경은 CG 처리를 할 거예요. 동선만 잘 맞추면 돼요."

뮤직비디오 조감독이 안내했다.

예정된 촬영 시간이 지났지만 아직 세븐렉스가 도착하지 않았다. 세븐렉스 없이 백댄서인 케이 팀끼리 몇 번을 연습했다. 20분이 넘어가는데 조감독이 와서 촬영이 한 시간 미뤄졌다고 알렸다. 세븐렉스의 잡지 인터뷰가 늦어졌기 때문이다.

오늘이는 스튜디오에 있는 게 답답했다. 창문도 없고 방음 때문에 문이 꽉 닫혀 있어 환기가 되지 않았다. 오늘이가 멤버들에게 나가지 않겠냐고 물었지만 다들 귀찮다며 그냥 여기서 기다린다고 했다.

결국 오늘이 혼자 바깥으로 나왔다. 다른 스튜디오에서 촬영하는 걸 구경이나 할까 싶었는데 모두 문이 닫혀 있다.

아까 물을 너무 많이 마셨나 보다. 오늘이는 지나가다 봤던 화장실로 향했다. 볼일을 본 후 세면대에서 손을 씻고 있는데 누군가 급하게 들어와 화장실 칸 안으로 들어갔다.

'꾸엑' 하고 토하는 소리가 여러 번 들렸다. 오늘이가 나가려는데 안에 있는 사람이 말을 걸었다.

"실장님, 저 휴지 좀 주세요."

여자 목소리다. 여기 실장님이라고 부를 사람은 따로 없다. 안에서 또다시 "실장님, 휴지요."라고 말했고 오늘이는 하는 수 없이 휴지를 뽑아 문틈 아래로 밀어 넣어 줬다. 안쪽에서 손이 쑥 나와 휴지를 가져갔다.

잠시 후 화장실 칸 문이 열리며 안에 있던 사람이 나왔다. 오늘이는 깜짝 놀라 저도 모르게 "어!" 하며 입이 벌어졌다.

매직펄의 린아다. 린아를 여기에서 만날 줄이야. 그런데 린아가 소리를 질렀다. 오늘이를 치한으로 오해하는 것 같았다.

"여기 남자 화장실이에요."

오늘이는 급하게 남자 소변기를 가리키며 말했다. 린아는 아차 싶은지 손으로 얼굴을 감싸고 후다닥 밖으로 뛰어나갔다.

복도에는 린아와 아까 린아가 찾던 실장으로 보이는 여자가 서 있었다. 실장은 걱정스러운 얼굴로 린아의 안색을 살폈다.

"괜찮아? 먹을 수 있겠어? 매번 이래서 어쩌냐. 출연 거절도 못 하고."

오늘이가 두 사람을 지나쳐 걸어가는데 린아가 오늘이를 따라와 앞을 막아 세웠다.

"방금 화장실에서 있었던 일, 아무한테도 말하면 안 돼요."

뭘 말하지 말라는 거지? 남자 화장실에 들어온 걸 이야기하는 걸까? 오늘이는 우선 알았다고 대답했다.

린아는 복도 끝에 있는 스튜디오로 들어갔다. 린아는 영상에서 보던 것보다 더 마르고 얼굴이 작았다. 저 작은 얼굴에 눈, 코, 입이 다 있다니.

'어? 그럼 린아도 미리인가?'

은준은 자신들이 미리의 피를 받았을 뿐이지 미리로 변신을 하는 일은 절대로 없다고 했지만, 오늘이는 미리와 린아의 모습이 겹쳐지는 장면이 저절로 떠올랐다. 뭔가 잘 어울리는 것도 같다. 린아가 사라진 곳을 멍하니 바라보고 있는데 전화벨이 울렸다. 매니저다.

"너 어디야? 빨리 와."

세븐렉스가 예상보다 일찍 도착해 바로 촬영에 들어가게 되었다. 백댄서인 케이 팀이 나오는 장면은 30초밖에 되지 않았지만 두 시간 넘게 반복해서 찍었다. 세븐렉스가 틀릴 때가 더 많았는데 감독에게 쓴소리를 들은 건 케이 팀이다. 감독은 세븐렉스가 데뷔한 아이돌이라 그런지 함부로 대하지 않았다. 대신 케이 팀에게는 정신 좀 차리라느니, 틀린 게 몇 번째냐며 하고 싶은 말을 다 했다. 메이크업과 헤어도 세븐렉스만 신경 써 주고 케이 팀은 누구도 봐 주지 않았다. 아무리 세븐렉스 뒤에 서 있다고 하지만 너무 찬밥 취급이다.

세븐렉스 매니저가 쉬는 시간을 갖자며 감독에게 제안했다. 스태프들이 세븐렉스 멤버들에게 물을 가져다주었다. 목이 마른 건 케이 팀도 마찬가지인데. 오늘이가 스태프에게 물을 얻어서 멤버들에게 건넸다.

"승찬아, 괜찮아?"

오늘이는 승찬에게 물병을 건네며 물었다. 승찬은 컨디션이 좋지 않은지 평소와 다르게 몇 번 동작 실수를 했다.

"어."

대답과 다르게 승찬의 얼굴이 하얗게 질려 있었다. 승찬은 한 번에 물을 마시지 못하고 조금씩 나눠 마셨다.

"자, 촬영 다시 들어갑니다."

스태프의 말에 케이 팀이 다시 세븐렉스 뒤에 섰다.

촬영이 모두 끝났다. 세븐렉스가 선배이기에 케이 팀은 공손하게 허리를 숙여 수고하셨다고 인사를 했다. 세븐렉스 멤버 중 한 명이 케이 팀을 가리키며 매니저에게 물었다.

"얘네가 부대표님이 키운다는 애들이에요?"

매니저가 그렇다고 하니 세븐렉스가 케이 팀을 훑어보았다.

드래곤 시티의 정체

"그냥 그런 거 같은데."

"부대표님이 뽑았다고 다 데뷔할 수 있는 것도 아니잖아."

세븐렉스끼리 하는 말이 케이 팀에게 다 들렸다. 대겸이 발끈하는 게 보여 오늘이가 대겸의 팔을 잡았다.

"참아."

"형, 나 안 보여? 투명 인간이야?"

"보이지."

"세븐렉스 뭐냐? 사람 앞에 두고 왜 저렇게 말을 해?"

대겸이 씩씩거렸다.

"아, 진짜 이래서 데뷔해야 해."

승찬과 해인, 심지어 윤빈도 표정이 별로다. 다들 기분이 상한 것 같았다.

오늘이도 기분이 좋지 않았지만 풀이 죽은 멤버들을 보니 더 속이 상했다.

"우리도 데뷔할 거잖아. 우리가 세븐렉스만큼 인기 얻을 날이 반드시 올 거야."

멤버들만 들을 수 있도록 오늘이는 작지만 또박또박 말했다. 대겸이 "그렇지!" 하며 맞장구쳤다. 오늘이는 말의 힘을 믿는다. 같은 상황이라도 할 수 있다고 말할 때와 할 수 없다고 말할 때 앞으로의 상황은 달라진다.

"그래, 다음은 너희 차례야. 조금만 더 버티자."

매니저도 케이 팀의 기운을 북돋았다.

"배고파요. 매니저님, 우리 맛있는 거 사 주세요."

분위기를 바꾸기 위해 오늘이는 일부러 밝은 목소리로 말했다. 매니저가 오늘은 카드 한도 없이 먹어도 된다고 했다.

"진짜죠? 그럼 소고기 먹어요."

"안 돼. 돼지고기. 너희는 돼지까지 가능해."

대겸과 해인이 툴툴거렸다. 하지만 회사 밥이 아닌 게 어디냐 싶어 다들 좋아했다.

지하 주차장으로 가기 위해 엘리베이터를 기다리는데 매직펄이 이쪽으로 걸어왔다. 윤빈을 제외한 네 명은 "대박!" "매직펄이야."라며 소곤거렸다. 매니저가 조용히 인사할 준비를 하라고 알렸다.

"실장님, 이번에 부대표님이 뽑은 케이 팀이에요."

매니저가 케이 팀에게 눈짓했다. 다섯은 90도로 허리를 숙여 "안녕하세요, 케이 팀입니다." 하고 큰 소리로 인사했다. 오늘이는 린아와 눈을 마주쳤다. 아예 모른 척하기도 그렇고 해서 어색하게 미소를 지었는데 린아는 못 본 척 고개를 돌렸다.

"매직펄 촬영 있었어요?"

"응. 맛쟁이 셰프."

드래곤 시티의 정체

엘리베이터가 도착했다. 매니저는 매직펄에게 먼저 타라고 양보했다. 매직펄이 탄 엘리베이터가 지하로 내려갔고, 대겸과 해인은 매직펄을 만난 게 신기한지 계속 떠들었다.

"아, 매직펄 엄청 예쁘다. 오, 눈부셔."

대겸이 손으로 눈을 가리며 장난스럽게 말했다.

"근데 매직펄 지난번에도 맛쟁이 셰프에 나오지 않았나?"

"린아 누나가 워낙 잘 먹어서 먹방 요청이 많대."

"린아 누나 엄청 말랐던데 잘 먹는 거 보면 신기하다니까."

대겸과 해인이 말을 주고받았다. 오늘이도 인터넷으로 몇 번 린아의 먹방 영상을 봤다. 유명한 먹방 유튜버와 많이 먹기 대결을 한 적도 있다. 데뷔 초 린아는 도도하고 차가운 이미지였지만 음식을 가리지 않고 잘 먹어 털털하고 친근한 캐릭터가 되었다. 번뜩 무언가 오늘이 머릿속을 스쳐 지나갔다.

'아, 린아가 말하지 말라는 게 그거였나.'

아까 린아는 방송 녹화 중에 뛰쳐나와 토했다. 실장과 주고받은 대화를 봤을 때 이미 여러 번 그런 것 같았는데. 설마 억지로 먹는 방송을 찍고 있는 건가?

"매직펄은 얼마나 좋을까."

"내가 매직펄이면 안 먹어도 배가 부르고, 잠 안 자도 멀쩡할 거 같아."

대겸과 해인은 계속해서 매직펄의 이야기를 했다.

"근데 쟤네도 지금 악플 때문에 난리도 아니야. 데뷔 때부터 지금까지 악플 다는 놈들이 있는데 내용이 아주……. 린아 악플러가 제일 집요하고 더러워."

매니저는 악플 내용을 떠올리는 것조차 싫은지 얼굴을 잔뜩 찌푸렸다.

"그래도 데뷔를 하니까 악플도 받는 거잖아요. 난 악플 받아도 좋으니까 데뷔만 하면 좋겠어요."

대겸이 말했고 해인이 이번만큼은 동의하지 못하겠다며 선을 그었다.

엘리베이터가 다시 1층에 도착했다. 멤버들과 함께 오늘이도 엘리베이터에 탔다. 그런데 이상하게 린아 걱정이 되었다.

'린아가 괜찮아야 할 텐데.'

이런 생각을 하다가 퍼뜩 자신의 처지가 떠올랐다. 참 나, 지금 누가 누굴 걱정하는 거야? 오늘이는 우선 자기 걱정이나 하자며 마음을 잡았다.

차에 타려는데 승찬이 이만 들어가겠다고 했다.

"저기, 저는 저녁 못 먹을 거 같아요. 소화가 안 돼서."

대겸이 아무 때나 하는 회식이 아니라며 같이 가자고 했지만 승찬은 괜찮다고 했다. 승찬은 정말로 몸이 안 좋아 보였다.

드래곤 시티의 정체

승찬을 제외한 나머지 멤버들과 매니저만 차에 탔다. 차창 밖으로 걸어가고 있는 승찬이 보였다. 승찬은 머리를 숙인 채 느릿느릿 움직였다.

잃어도 되는 것과 잃지 말아야 할 것

첫 번째 월말 테스트가 끝났다. 1월부터 6월까지 여섯 번의 월말 테스트를 거친 후 중간 심사가 있다. 중간 심사 후 열한 팀 중 상위 점수를 받은 다섯 팀만 남고 나머지는 방출된다. 케이 팀은 뒤늦게 합류한 거라 중간 심사까지 테스트 기회가 두 번이나 적다. 다른 팀은 여섯 번의 월말 테스트를 하지만 케이 팀은 네 번만 한다.

테스트는 오후 한 시부터 시작됐는데 케이 팀은 순서가 마지막이라 네 시가 다 되어서야 차례가 돌아왔다. 테스트 장소는 DC 스튜디오였다. 연습생들은 회사에서 지정해 준 세 곡을 무대 위에서 선보였다. 매일 좁은 연습실에서만 연습을 하다가 음악 방송을 할 때와 같은 큰 무대 위에 서니 설레기까지 했다.

오늘이는 무대 위에 선 자신의 모습이 제법 마음에 들었다. 요즘 들어 오늘이는 점점 자신감을 찾아가는 중이다. 드래곤 시티의 비밀을 알게 된 이후 오히려 마음도 편해졌다. 오늘이가 못하는 게 아니라 미리족인 멤버들이 특별히 잘하는 거다. 부족한 건 열심히 연습해서 따라잡으면 된다.

더 이상 미리족이 아닌 건 신경 쓰지 않을 테다. 중요한 건 실력을 키워서 데뷔하는 거니까.

"다들 잘했어. 우리 연습실 가지 말고 치킨 먹으러 가자. 내가 쏠게."

오늘이는 지난 한 달간 열심히 한 멤버들이 기특했다. 그래서 그동안 모은 용돈을 기꺼이 쓸 의향이 있었다. 매니저도 오늘 하루는 연습하지 말고 쉬라고 했다.

"오늘이 형이 쏜다니 무조건 가야지!"

"그러게. 당연히 가야지."

대겸과 해인이 인디언 소리를 내며 좋다고 했다. 승찬도 가겠다고 대답했다.

"너도 갈 수 있지?"

윤빈도 그러겠다고 했다.

로비를 향해 걷고 있는데 세븐렉스가 들어오는 게 보였다. 나이는 또래지만 세븐렉스가 선배이니 케이 팀이 먼저 인사했다.

두 팀이 가까이 마주쳤고 세븐렉스의 제이호가 승찬 쪽으로 다가왔다. 승찬이 뒷걸음질을 쳤다.

"너 이승찬 맞지?"

"어? 어."

"야, 진짜 오랜만이다. 지난번 뮤비 촬영 때 아는 척 좀 하지 그랬어. 여기서 다 만나네. 하여튼 반갑다."

제이호가 밝게 웃으며 말하는 것과 달리 승찬의 표정은 어두웠다. 세븐렉스가 떠난 후 케이 팀은 스튜디오에서 나왔다.

저녁 시간보다 일러서 그런지 치킨집 안은 손님이 많지 않았다. 오늘이는 치킨 다섯 마리와 다이어트 콜라를 주문했다.

치킨이 나오자마자 다들 순식간에 달려들었다. 다섯 명이 먹기에 많지 않을까 싶었는데 괜한 걱정이었다. 점심을 먹지 않아 다들 치킨이 첫 끼였다.

치킨을 배부르게 먹고 난 후에야 다들 테스트에 대한 이야기를 꺼냈다.

"우리 좀 잘하지 않았어?"

대겸도 테스트 무대가 만족스러웠는지 어깨를 편 채 말했다.

"다른 팀 못 봤잖아."

윤빈이 찬물을 확 끼얹었다. 오늘이도 미처 그건 생각하지 못했다. 다른 팀들은 케이 팀보다 두 달을 더 연습했다.

"그래도 우리 잘했어. 자기 스스로 만족한 무대 꾸몄으면 충분해."

오늘이가 다시 멤버들을 독려했다.

"만족만 해서는 데뷔 못 하거든."

"할 거야. 우리가 못 하면 누가 하냐?"

이번에는 대겸이 윤빈 말에 반박했다.

"뜬구름 좀 그만 잡아."

"두고 봐. 누구 말이 맞을지."

"당연히 네 말이 맞아야지."

대꾸하던 윤빈이 자기도 어이가 없는지 참 나, 하고 웃었다.

"승찬아. 근데 너 제이호랑 아는 사이였어?"

오늘이가 물었고 승찬은 머뭇거리다가 대답했다.

"어. 중1 때 같은 반이었어."

"진짜? 근데 왜 말 안 했어?"

대겸이 한 중학교에서 아이돌이 두 명이나 탄생하다니 대단하다며 학교가 어딘지 물었다. 윤빈이 "승찬이는 아직 아이돌은 아니지."라고 말했고 대겸과 해인, 오늘이가 동시에 윤빈을 노려봤다. 윤빈은 조용히 시선을 피하며 콜라를 마셨다.

"나는 그 학교 졸업 안 했어. 전학 갔거든."

"왜?"

"학폭 때문에."

승찬의 말에 순식간에 분위기가 싸해졌다. 오늘이도 뭐라고 대꾸를 해야 할지 몰랐다. 말 많은 대겸마저 할 말을 잃었다.

"여기 콜라 한 병 더요."

침묵을 깬 건 윤빈이다. 종업원이 콜라를 가져다주었고 윤빈이 승찬의 컵에 따라 주었다.

"제이호가 가해자야?"

윤빈이 단도직입적으로 묻자 승찬이 그렇다고 대답했다. 그제야 이제까지의 승찬의 행동이 이해가 갔다. 세븐렉스 뮤비 촬영장에서 승찬의 몸이 왜 그렇게 뻣뻣했는지, 완성 뮤비를 보여 줄 때 승찬이 왜 뛰쳐나갔는지 그때는 이유를 몰랐다.

"원래 이름은 지호야. 박지호. 걔가 아이돌이 될 줄 몰랐어. 걔는 그냥 노는 애였거든. 나 초등학교 때 말을 좀 더듬었어. 그래서 치료를 오래 받는데 고학년이 되면서 고쳐졌어. 그런데 중학교 때 박지호 때문에 다시 더듬는 게 시작됐어."

박지호는 승찬이 말을 더듬는 걸 따라 하며 놀렸고 승찬이 앉아 있는 책상이나 의자를 차며 괴롭혔다. 박지호가 가까이만 다가와도 승찬은 겁을 먹었고 박지호는 그 모습을 즐겼다.

"학폭위가 열렸는데 박지호는 그냥 장난이었대. 나랑 친해지고 싶어서 그런 거라고."

박지호가 직접적으로 승찬을 때린 적은 없었다. 언어폭력은 인정되지 않았고 박지호에게는 반성문을 쓰는 가벼운 처분이 내려졌다.

"도저히 그 학교에 못 다니겠더라. 울며불며 전학 가고 싶다고 애원했어. 그래서 이사 갔고."

박지호와 같은 반이었던 6개월은 승찬에게 끔찍한 기억으로 남아 있다. 인생의 한 부분을 잘라 낼 수 있다면 승찬은 기꺼이 그 시간들을 선택할 거라고 했다.

전학을 간 이후에도 승찬은 멍하니 있는 시간이 많았다. 마치 퓨즈가 끊긴 것처럼, 승찬은 그 시간 동안 무슨 일이 있었는지조차 잘 기억하지 못했다.

"뭐 그런 새끼가 다 있어? 감히 얻다 대고 아는 척이야?"

대겸은 제이호를 향해 쌍욕을 내뱉었다. 오늘이는 욕을 듣는 것만으로도 속이 다 시원했다.

"같은 소속사에 있어야 한다니 드래곤 시티가 너무 지옥 같은 거야. 그만둬야 하나 고민 많이 했어. 그런데 걔 때문에 내 꿈을 포기할 수는 없으니까."

"그래. 잘 생각했어. 우리 복수하자. 세븐렉스보다 더 유명해지는 거야."

해인의 말을 들은 승찬이 고개를 절레절레 저었다.

“복수 같은 거 생각하고 싶지 않아. 그 녀석에게는 내 에너지를 조금도 쓰고 싶지 않거든.”

“그래. 그냥 세상에 없는 놈 취급해.”

오늘이는 포크로 무를 찍어 승찬에게 건네며 말했다. 지금 당장 오늘이가 승찬에게 줄 수 있는 건 이것밖에 없다.

“근데 랩은 어떻게 하게 된 거야? 네가 말을 더듬었다는 걸 누가 믿겠어?”

윤빈이 승찬에게 물었다.

“전학 간 학교에 랩 동아리가 있었거든. 재밌더라고. 랩을 할 때만큼은 내가 엄청 말을 잘하는 거야.”

랩 이야기를 꺼내자 승찬의 얼굴이 조금 밝아졌다. 승찬이 이렇게 길게 이야기한 건 처음이었다.

“근데 형 목소리 좋긴 진짜 좋다. 나는 형 목소리 녹음해서 매일 듣고 싶어.”

대겸의 말에 승찬이 놀리지 말라고 했다. 하지만 오늘이도 대겸과 비슷한 생각을 했다.

치킨은 다 먹었지만, 가게에 다른 손님들이 들어오지 않아 케이 팀은 한참을 더 머물다가 나왔다. 헤어지기 직전 오늘이는 승찬의 어깨를 두드렸다. 무슨 말을 할까 하다가 아무 말도 하지 않았다. 승찬은 오늘이를 보며 빙긋 웃었다.

잃어도 되는 것과 잃지 말아야 할 것

힘내라는 말, 잘하고 있다는 말, 앞으로 더 잘해 보자는 말, 오늘이가 전하고 싶은 말을 다 알아들은 것 같았다.

연석은 회사에 가기 위해 서둘러 차 키를 찾았다. 사무실에 오늘이의 정보가 나온 서류가 있을 거다. 말도 안 된다. 어떻게 이런 일이 생길 수 있는 거지?

안다 도사가 오랜만에 서울에 들렀다며 연락이 왔었다. 그리고 지난번에 연석이 주기로 한 한정판 피규어를 준비해 놓으라 했다. 연석은 피규어를 떠나보내기 너무나 아쉬웠지만, 약속은 약속이었다.

애지중지 여겨 만져 보지도 않고 장식장 안에 고이 놓아 두었는데 떠나보내야 한다니. 한정판이라 이제는 시중에서 구할 수도 없다. 하지만 이 덕분에 완벽한 케이 팀을 만들 수 있었다. 케이 팀은 가장 뒤늦게 결성된 후발 주자이지만 선생님들 사이에서 칭찬이 자자하다. 윤빈이야 말할 것도 없이 천재에 노력파이고, 승찬과 해인, 대겸도 개성이 강하고 빛이 났다. 오늘이가 조금 걱정스럽기는 했지만 열심히 연습하고 있다. 무엇보다 오늘이를 중심으로 팀이 잘 뭉쳤다. 그런 오늘이를 안다 도사 덕분에 만날 수 있었다.

안다 도사가 연석의 집으로 왔다. 안다 도사는 장식장 안에 놓인 피규어를 흐뭇하게 바라봤다.

"자, 이제 넘겨줘야지."

연석은 손을 덜덜 떨며 피규어를 하나씩 꺼냈다. 떨어트릴까 봐 걱정이 되어서가 아니다. 이 녀석들과 헤어질 생각을 하니 마음이 몹시 아팠다.

"이거 정말 제가 자식처럼 생각하는 녀석들이에요. 소중하게 대해 주셔야 해요."

"안다마다."

안다 도사와 연석은 소파에 나란히 앉아 피규어를 하나하나 종이 포장지로 정성스레 쌌다.

"저 이번에 만드는 그룹 정말 잘될 거 같아요."

연석은 대놓고 안다 도사에게 자랑했다. 회사 사람들에게도 케이 팀을 자랑하고 싶지만 팔불출이라는 소리를 들을까 봐 참았다.

"우리 애들 연습 영상 좀 보실래요?"

연석은 리모컨으로 티비를 틀었다. 큰 화면으로 보여 주고 싶어서다. 케이 팀이 노래에 맞춰 군무를 보여 주고 있다. 연석은 틈만 나면 케이 팀의 연습 영상을 보고 또 본다.

"데뷔만 했다 하면 매직펄보다 훨씬 더 큰 인기를 얻을 거예요. 아니, 매직펄이 뭐예요."

하지만 안다 도사는 피규어에 집중하느라 영상을 보는 둥 마는 둥 했다.

"삼촌, 좀 보라니까!"

"내 애는 내 눈에만 이쁘지."

안다 도사는 귀찮다는 듯 중얼거리면서도 연석의 성화에 못 이겨 화면을 바라봤다.

"근데 저 빨간 티셔츠는 누구냐?"

안다 도사가 목을 길게 뺐다. 빨간 티셔츠를 입은 사람은 바로 오늘이다.

"누구긴요. 삼촌이 뽑아 줬잖아요."

"내가? 언제?"

"오디션 때 와서 직접 뽑아 놓고는. 그래서 내가 이 피규어 넘기는 거잖아요."

"아니 이놈아. 내가 언제 저 녀석을 뽑으라고 했어? 쟤가 99번이야?"

안다 도사가 호통을 쳤다.

"번호는 잘 모르겠고."

고개를 갸웃거리던 연석은 오디션 영상을 찾았다. 오디션 영상은 회사에서 녹화해 웹하드에 올려 둔다.

안다 도사가 참석한 최종 오디션 영상에는 두 사람이 나란히

서 있는데 가슴 위에 번호표를 달고 있다. 66번과 99번. 오늘이는 66번이다.

연석은 그날의 기억이 조금씩 떠올랐다. 안다 도사가 종이에 숫자를 써서 연석에게 내밀었다.

'그 종이에는……. 그래!'

66번이 적혀 있었다.

"66번! 맞아. 삼촌이 그때 66이라고 적어 줬잖아요."

"아니지. 나는 99라고 적었어."

그날 연석 앞에 안다 도사가 서 있었다. 안다 도사가 99라고 적어서 연석에게 내밀었고 연석은 그걸 66번으로 봤다.

"그, 그래도 재 오늘이가 잘해요. 시, 실력도 점점 늘고 있고."

연석은 더듬거리며 오늘이의 편을 들었다. 비록 안다 도사가 추천한 사람은 아니지만 오늘이는 충분히 잘해 주고 있다.

"66번은 우리 종족이 아니었어. 미리가 아니라 그냥 일반 사람이라고."

연석은 그럴 리가 없다고 했지만 안다 도사가 그렇다고 대답했다. 연석은 폼페이 최후의 화석처럼 굳어 아무 말도, 아무 표정도 짓지 못했다.

"너 괜찮아?"

연석은 확실한 거냐고 물었고 안다 도사는 고개를 끄덕였다.

"삼촌, 잠시만요."

연석은 안다 도사를 두고 집에서 나왔다. 당장 회사로 가서 확인해야겠다.

세븐렉스의 신곡이 음원 차트 2위를 한 날, 오늘이는 세상이 공평하지 못하다는 생각을 했다. 그러나 그다음 날, 제이호의 학폭 폭로 글이 인터넷에 떴다. 글 작성자는 자신이 제이호와 중1부터 중2 때까지 같은 반이었고, 지속적인 언어폭력과 괴롭힘을 당했다고 밝혔다. 승찬을 괴롭힌 것과 비슷했다. 작성자의 외모를 가지고 제이호는 '돼지 새끼', '비만충'이라는 악의적인 별명을 지어 불렀고, 피해자가 앉아 있는 책상과 의자를 수시로 걷어찼다. 제이호의 학교 폭력 글 때문에 회사에서는 비상이 걸렸다. 매직펄 다음으로 회사에서 지원하고 기대하는 그룹이 바로 세븐렉스이기 때문이다.

케이 팀은 여느 날과 다름없이 연습하고 있었는데, 매니저가 들어와 승찬을 불러냈다. 종종 개별 면담을 하기에 다들 신경 쓰지 않았다.

승찬 없이 연습을 계속했고 이번에는 매니저가 오늘이를 불렀다. 대겸이 면담의 날이냐며 농담을 했고 오늘이는 매니저를 따라 나갔다.

"부대표님 방으로 가 봐."

"네?"

부대표와 면담이라니 오늘이는 좀 부담이 되었다. 월말 평가 점수 때문일까? 이런저런 생각을 하며 부대표실 방문을 두드리자 안에서 들어오라는 말소리가 들렸다.

오늘이가 방으로 들어갔는데 연석은 앉으라는 말도 하지 않았다. 오늘이는 연석의 표정을 살폈다. 화가 난 것 같기도 하고 아닌 것도 같았다. 표정만으로는 무슨 일인지 알 수가 없었다.

"케이 팀에서 나가 줘야겠다."

"네? 제가요? 왜요?"

월말 평가에서 오늘이의 점수가 낮게 나온 걸까? 오늘이는 다음 평가에서 점수를 올리겠다며 기회를 달라고 했다.

"겨우 한 번 평가를 치른 거잖아요. 중간 평가까지 연습생을 하기로 계약서도 적었고요."

"점수가 문제가 아니야. 너는 애초에 우리 회사에 들어올 수 없는 사람이었어. 어쨌든 내일부터 연습 나올 필요 없어. 팀원들에게는 내가 말할 테니까 그렇게 알고 있으렴."

연석은 통보하듯 말했고 오늘이가 어떤 말을 하든 들으려고 하지 않았다.

오늘이는 어안이 벙벙한 채로 연석의 방에서 나왔다.

잃어도 되는 것과 잃지 말아야 할 것

도대체 이게 어떻게 된 일이지? 이제 연습생이 된 지 한 달이 조금 넘었는데 퇴출되어야 한다니. 아직 오늘이는 제 실력을 다 보여 주지 못했다.

오늘이는 엘리베이터 대신 계단 쪽으로 갔다. 한 칸 한 칸 내려가는데 계단에 누군가 앉아 있었다. 가까이 다가가 보니 승찬이었다.

"여기서 뭐 해?"

"아, 형."

승찬도 퇴출 통보를 받은 걸까? 승찬의 어깨가 축 처져 있다. 오늘이는 승찬 옆에 앉았다.

"나도 면담하고 오는 길이야."

"아."

"너, 회사에서 하라는 대로 할 거야?"

"모르겠어."

케이 팀에서 퇴출 통보를 받은 건 오늘이와 승찬뿐일까? 다른 팀원들은 괜찮은 건가? 다른 멤버에게 물어봐야 하나 생각하고 있는데 승찬이 불안한지 양손 끝을 계속 비볐다.

"나 인터뷰하고 싶지 않아."

"인터뷰? 무슨 인터뷰?"

"제이호 학폭 아니라고."

"뭐? 너한테 그런 인터뷰를 해 달라 했다고?"

"어. 제이호가 말했나 봐. 나랑 중학교 1학년 때 같은 반이었던 거. 나랑도 얽힌 적 있다고 하니까 제이호가 한 행동이 장난이었다고 말해 달래."

"회사에 네가 당한 거 다 말했어?"

"어. 그런데도 인터뷰 부탁하더라고. 세븐렉스가 잘되어야 우리한테도 기회 올 거라고. 인터뷰가 어려우면 글이라도 좀 올려 달래."

말을 하는 승찬은 많이 불안해 보였다.

"와, 진짜 해도 해도 너무한다. 회사 사람들 제정신이야?"

오늘이는 두 주먹을 꽉 쥔 채 '후, 후!' 하고 숨을 내쉬었다. 어떻게 제이호를 피해 전학까지 간 승찬에게 그런 부탁을 할 수 있는 거지? 아이돌 한 팀을 데뷔시키기 위해 많은 비용이 드는 건 알고 있다. 하지만 돈이 아무리 중요하다고 하더라도 사람보다 더 중요하지 않다.

"형, 나 어떡해? 나 어떻게 해야 해? 반박 글 안 올리면 데뷔힘들 것처럼 말했어."

승찬이 울먹거리며 물었다. 오늘이는 회사 사람들에게 몹시 실망했다.

"승찬아, 하지 마. 절대 하지 마."

"하지만 나 때문에 우리 팀 데뷔 못 하면 어떻게 해?"

승찬의 결정은 자신에게만 해당되지 않았고, 그렇기에 승찬은 더 고민했다.

"그깟 데뷔 안 하면 되지."

누구보다 데뷔를 바라는 오늘이지만 절로 '그깟'이라는 말이 나왔다. 오늘이는 모든 게 다 싫어졌다. 이 회사도, 그런 결정을 내린 직원들도. 오늘이는 연습생 퇴출 통보를 받은 것보다 승찬에게 거짓 해명을 시킨 게 더 화가 났다.

"승찬아, 누구도 네 영혼을 짓밟게 두지 마. 회사에서 이 일로 다시 너 부르면 나랑 가자. 내가 같이 따져 줄게."

오늘이는 제 일인 것처럼 바짝 열이 올라 말했다. 승찬에게 우산을 씌워 줄 순 없더라도 혼자 비 맞게 두진 않을 거다.

"고마워, 형. 근데 형은 면담 왜 한 거야?"

아차, 오늘이는 잠깐 퇴출 통보를 받은 걸 잊고 있었다. 퇴출 연습생이 승찬과 함께 맞설 수 있을까? 승찬 옆에 있지 못하면 승찬을 도울 수가 없다.

"제이호한테도 연락이 온 거 있지? 미리족끼리 도와 달라나 뭐라나. 내가 미리족인 거 알았으면 안 괴롭혔을 거래."

"완전 개소리네."

"그러니까 말이야. 다른 애들 괴롭힌 거에 대한 자기 반성이 조금도 없다니까."

오늘이는 아까 연석이 말한 게 떠올랐다. 연석은 오늘이가 애초에 이 회사에 있으면 안 된다는 말을 했다.

혹시 연석이 오늘이가 미리족이 아니란 걸 알게 된 걸까? 월말 평가 점수가 낮아서가 아니라 미리족이 아니라는 이유로 나가라는 건가? 확인해 봐야겠다.

"승찬아. 너 먼저 연습실 가 있어."

오늘이는 꼭대기 층까지 단숨에 올라갔다. 연석 방 앞에 도착해 노크를 한 후 다시 안으로 들어갔다.

"저, 케이 팀에서 나가지 않을 거예요."

"뭐?"

오늘이는 겁먹지 않고 연석의 책상 앞으로 더 가까이, 바짝 다가섰다.

"제가 미리족이 아니라는 이유만으로 케이 팀에서 나갈 수 없다고요."

연석의 표정이 미묘하게 변했고 오늘이는 그걸 놓치지 않았다. 연석이 오늘이를 쫓아내려고 하는 이유는 역시 오늘이가 짐작한 게 맞았다.

"제 실력이 부족한 이유라면 받아들일 수 있어요. 하지만 미리족이 아니라는 이유로는 나가지 않을 거예요."

"너를 뽑은 건 나야. 퇴출 권한도 나한테 있다고."

"드래곤 시티의 비밀이 외부에 알려져도 괜찮으세요?"

"너, 지금 나를 협박하는 거니?"

연석이 어이없다는 듯 코웃음을 쳤지만 걱정이 되지 않는 건 아니었다. 10년 전 미리족이 아닌 일반인 연습생이 회사를 협박해 발칵 뒤집혔던 일이 있었으니까.

"아니요. 제안이에요. 부대표님이 원하시는 건 성공한 아이돌 그룹을 만드시는 거잖아요. 그 필요조건에 '미리족만 있어야 한다'가 있나요?"

"그건 아니지만."

"저를 퇴출시킨 이유를 회사에 뭐라고 말씀하실 건데요? 도중에 멤버 교체가 일어나는 게 과연 이득이 될까요?"

오늘이는 연석에게 한마디도 지지 않았다. 오늘이는 아까 처음 불려 왔을 때와는 확연히 달라져 있었다. 연석은 잠깐 사이에 무슨 일이 있었던 건지 의아하기만 했다.

"미리족만으로 아이돌 데뷔시켜서 다 망하셨다면서요. 계속 같은 방법을 쓰면서 달라지기를 바라는 것처럼 어리석은 게 없대요. 그러면 이제까지와 다른 방법을 써 보세요."

연석은 팔짱을 낀 채 가만히 오늘이를 바라봤다. 오늘이도 연석의 시선을 피하지 않았다. 연석은 겁도 없이 자신에게 맞서는 오늘이가 도대체 어떤 녀석인지 궁금해지기 시작했다.

연석은 주신아에게 드래곤 시티의 정체를 알게 된 일반인을 어떻게 했느냐고 물었었다. 주신아는 데뷔하지 못한 사람을 한 배에 태웠다고 했다. 미리족인 자기 여동생을 소개시켜 줬고 나중에 둘이 결혼까지 하게 되면서 자연스레 미리족과 관련된 이로 만들었다는 거였다.

연석은 검지로 관자놀이를 꾹꾹 눌렀다. 미성년자인 오늘이를 당장 미리족과 결혼시킬 수는 없다. 만약 그렇게 된다고 해도 오늘이는 미리족과 연관된 사람일 뿐이지 미리족이 되는 건 아니다.

연석은 생각하고 또 생각했다. 미리족이 아니라고 아이돌이 될 수 없는 건 아니다. 이제 와서 멤버 교체를 하는 게 유리할 것 같지 않았다. 오늘이가 미리족이 아니라는 걸 끝까지 들키지만 않으면 된다.

"너, 데뷔할 자신은 있냐?"

"당연하죠."

연석은 이제까지 키웠던 아이돌 그룹을 떠올렸다. 오늘이의 말대로 미리족이라는 이유만으로 성공하지는 못했다.

"명심해. 네가 미리족이 아닌 걸 회사 사람 누구도 알아서는 안 된다."

잃어도 되는 것과 잃지 말아야 할 것

오늘이는 알겠다고 대답하며 웃었다.

"그럼 나가 봐라."

오늘이는 나가려다가 다시 몸을 돌려 돌아왔다.

"참, 부대표님. 승찬이가 제이호랑 같은 반이었어요."

오늘이가 뜬금없이 승찬의 이야기를 꺼냈다. 승찬과 제이호의 과거 일부터 시작해서 회사에서 승찬에게 종용하고 있는 일까지. 연석은 처음 듣는 이야기였다. 요 며칠 오늘이 일을 어떻게 해결할까 혼자 고심하느라 회사 돌아가는 사정은 모르고 있었다.

"참 나. 일을 왜 그렇게 하는 거야."

연석이 혼잣말을 했다.

"연습생들 사이에서 저희 팀에 대한 말들 많은 거 아시죠? 부대표님이 픽한 아이들이라서 특혜가 있다느니 그거 믿고 설친다느니. 저는 그런 말 신경 안 써요. 부대표님이라고 무조건 저희 데뷔시켜 주실 수 있는 거 아니니까요. 그런데요."

"그런데?"

"특혜 같은 건 바라지 않아요. 하지만 최소한의 존중은 받고 싶어요. 승찬이한테 그런 일 시키면 안 되잖아요. 회사에서 내놓은 대책, 엄청 후져요. 기회를 드리는 거예요. 부대표님은 같이 후져지지 않을 기회요."

연석이 어이없다는 듯 웃음을 터트렸다.

"네가 지금 그거 신경 쓸 때냐? 너한테 그럴 여유가 있어?"

"저희 팀 일이니까요. 팀이 곧 저예요."

이건 오늘이의 진심이었다. 승찬을 지키기 위해서라도 오늘이는 반드시 팀에 남을 것이다.

"너 참 재밌는 캐릭터구나."

"제가 좀 다양한 멋이 있죠. 그럼 전 이만 가 볼게요. 연습해야 돼서요."

오늘이는 그 말을 하고 호기롭게 문을 열고 밖으로 나왔다. 성큼성큼 걸어서 엘리베이터 앞까지 왔다. 잠시 후 오늘이가 탄 엘리베이터가 내려가기 시작했고 다리에 힘이 풀린 오늘이는 그대로 주저앉았다.

2

✕

아이돌에 관한 모든 것

내 꿈은 아이돌

"오늘!"

오늘이는 이름이 크게 불리고 나서야 잠을 깼다.

"아이엠 쏘리. 쏘 쏘리."

오늘이는 졸지 않기 위해 눈을 더 크게 떴다. 이 시간이 제일 졸리다. 학교 수업보다 더 졸리다. 연습생 일정 중에 영어 회화 강의가 있다. 일주일에 한 번씩 두 시간 동안 영어 회화를 배운다. 춤과 보컬 연습을 할 때는 몸이 힘든데 이렇게 앉아서 공부하는 시간은 머리가 힘들다.

연습생이 되면 춤과 노래만 배우는 줄 알았는데 아니었다. 아이돌 활동에 해외 활동 비중이 크기 때문에 영어 회화는 기본이고, 중국어와 일본어까지 배워야 했다.

내 꿈은 아이돌

오늘이의 수준을 확인한 회사에서는 일단 영어 회화가 급하다며 다른 언어는 차근차근 하자고 했다.

원어민 선생님은 대겸과 윤빈에게 말을 제일 많이 건다. 둘이 케이 팀에서 영어를 가장 잘하기 때문이다. 윤빈도 어릴 때 영국에서 4년을 살다 왔다. 대겸과 윤빈은 자연스럽게 선생님과 대화를 주고받았고 오늘이는 둘이 무슨 말을 하는지 3분의 1도 채 알아듣지 못했다. 중간중간 영화 제목이 나온 걸로 봐서 좋아하는 영화에 대해 말하는 것 같았다.

선생님은 틈틈이 영어로 된 영상을 찾아보고 직접 말을 해 보라며 숙제를 내 주었다. 강의실에서 선생님이 나가신 후 오늘이가 제일 먼저 자리에서 일어났다.

"아, 죽겠다."

오늘이는 기지개를 펴며 진심으로 말했다. 대겸은 학교에서 오늘이가 어떤 모습일지 상상이 간다며 웃었다.

"나 다른 수업 시간에는 집중해서 잘 들어. 내가 영어가 약해서 그래."

학교 영어는 한국말로 진행해서 그런지 별로 어렵지 않다. 하지만 여기에서 하는 영어는 오직 원어민 선생님과 회화로만 진행되어 어렵다. 시간이 너무 느리게 간다.

"아, 나도 해인이처럼 영유를 나왔어야 했는데."

해인과 승찬은 오늘이보다 영어 실력이 나았다.

"승찬 형은 영유 안 나왔어도 형보다 잘해."

대겸이 팔꿈치로 오늘이를 쿡 찌르며 말했다. 오늘이는 반박할 수 없었다. 승찬은 해외 팬과 소통하기 위해 영어 공부를 꽤 열심히 했다. 승찬은 요즘 뭐든 열심이다. 제이호가 사라진 이후 승찬은 더 불이 붙었다.

학폭 논란이 생긴 세븐렉스의 제이호는 결국 팀에서 탈퇴했다. 제이호는 혼자 나가지 않았다. 승찬에게 제이호 옹호를 하라고 시킨 세븐렉스 담당 실장도 함께였다.

"그럼 너희 넷이 해외를 맡아라. 나 혼자 한국 팬을 담당할테니!"

오늘이가 주먹으로 가슴을 치며 호기롭게 말했고 바로 대겸이 반박했다.

"싫거든. 나는 해외랑 한국 팬 다 담당할 거야."

"근데 형, 해외 콘서트에서 한마디도 못 하면 어쩌려고 그래?"

대겸에 이어 승찬까지 오늘이를 놀렸다. 오늘이는 오늘부터 당장 영어 공부를 할 거라며 큰소리쳤다.

"해외 콘서트 상상만 해도 너무 좋지 않냐?"

헤헤 웃던 오늘이는 눈을 감았다. 고개를 240도쯤 돌려야 전부 시야에 들어오는 넓은 공연장과 화려한 불빛, 언어도 문화도 다르지만 노래를 따라 부르고 함성을 질러 주는 팬들 앞에 오늘이가 서 있다. 노래를 마쳤을 때 들리는 팬들의 열광적인 함성. 오늘이는 헉헉 숨을 참으며 엔딩 포즈를 취하고 있다.

눈을 뜨자 오늘이는 현실로 공간 이동을 했다. 여기는 대형 무대가 아닌 영어 강의실이다. 오늘이의 행동을 보고 동생들이 비웃을 줄 알았는데 다들 한마디씩 했다.

"난 팬들이 만든 톡방에 들어가서 맨날 글 남길 거야. 사진 찍어 달라고 하면 다 찍어 줄 거고."

대겸이 사진 찍는 포즈를 취하며 말했다.

"승찬이 넌 데뷔하면 뭐 하고 싶어?"

오늘이가 물었다.

"난 예능에 나가고 싶어. 아니, 방송이면 다 좋아. 우리 할머니, 할아버지가 보면 좋아할 곳으로. 작년에 방송 출연했을 때 할머니랑 할아버지가 엄청 좋아하셨거든."

승찬은 일하는 부모님 대신 할머니와 할아버지가 키워 주셨고 지금도 시간이 나는 주말에는 할머니 댁에 간다. 할머니와 할아버지는 늘 텔레비전을 켜 두시는데, 텔레비전에 승찬이 나오는 걸 기다리고 계신다.

"승찬 형은 은근히 꿈이 소박해. 그건 아이돌 안 되어도 가능하겠다."

"이왕이면 유명해져서 나오고 싶다고."

승찬이 어깨를 으쓱 들어 올렸다 내리며 대답했다.

"해인이 넌?"

"글쎄."

해인은 잘 모르겠다고 대답했다.

"하긴. 너는 옛날에 다 해 봤겠구나."

케이 팀은 '부대표의 아이들' 아니면 '박해인네 팀'으로 불렸다. 해인이 워낙 유명한 아역 배우였기 때문이다.

"연기는 왜 그만뒀어? 캐스팅 제의가 엄청났을 거 같은데."

승찬이 물었다. 오늘이도 해인이 왜 계속 영화를 찍지 않았는지 궁금했다. 인터넷에 해인의 근황에 대해 알고 싶다고 글을 올리는 사람들이 제법 많다. 해인 또래의 아역 배우들이 청소년 배우로 활동하고 있는 것과 달리 해인은 영화 한 편을 출연한 이후 더 이상 나오지 않았다.

"넌 계속 연기해도 잘했을 거 같은데."

노래를 부를 때 해인은 감정선을 잘 다룬다는 칭찬을 많이 받는다.

"그냥 어쩌다 보니까. 아이돌 되면 뮤지컬도 하고 싶어. 광고도 많이 찍고 싶고."

"그건 나도야."

내 꿈은 아이돌

"물론이지! 광고가 중요하지."

해인의 광고 이야기에 다들 동의했다. 아이들은 저마다 아이돌이 되어 이루고 싶은 꿈을 이야기했다.

"윤빈 형은?"

대겸의 물음에 모두의 시선이 윤빈에게 향했다.

"노래하고 싶어. 많은 사람들 앞에서. 내가 만든 노래를 사람들에게 들려줄 수 있으면 너무 좋을 것 같아."

좀처럼 대화에 끼지 않은 윤빈도 바람을 말했다. 대겸이 "게다가 관중들이 막 따라 부르는 거지."라고 추임새를 넣었다. 윤빈은 생각만 해도 좋은지 살며시 미소를 지었다.

"넌 나중에 작곡가 해도 충분히 잘될 거야."

오늘이가 윤빈을 바라보며 말했다. 얼마 전 보컬 수업 때 녹음실에서 곡을 하나 들었는데 곧바로 귀에 꽂혔다. 듣고 난 후에도 한참을 그 멜로디가 떠올랐는데 알고 보니 윤빈이 직접 작곡한 곡이었다.

"싫어. 난 내 노래 직접 부르고 싶어."

윤빈이 딱 잘라 거절했다.

케이 팀은 계속해서 '만약에' 놀이를 했다. 앨범을 발매하고 음악 방송에 나가고 뮤직비디오를 찍고 팬 미팅을 하고 콘서트를 한다.

"하여튼 역시 우리는 관심쟁이들이라니까."

대겸의 말에 다들 수긍했다. 아이돌이 되고 싶은 건 단순히 노래 부르고 춤추는 걸 좋아해서가 아니다. 혼자 취미 삼아 하는 걸 좋아한다면 굳이 아이돌이 될 필요가 없다. 다른 사람들에게 나를 보여 주고 싶고 다른 사람들과 함께 호흡하고 싶은 마음이 더 크다.

아이돌은 별과 같다. 별이 혼자서 절대로 빛을 낼 수 없는 것처럼 아이돌도 호응해 주는 대중이 없다면 돌에 불과하다.

"근데 우리 데뷔할 확률 몇 프로일까?"

해인의 물음에 대겸은 열한 팀 중에 한 팀이니 11분의 1이라고 대답했다.

"그럼 데뷔해서 차트 진입할 확률은 그보다 더 낮겠지?"

"아마도?"

1년에 데뷔하는 그룹이 40팀이 넘고 데뷔한 팀끼리만 경쟁하는 것도 아니다. 기존 아이돌과 경쟁을 하기에 차트 진입이 쉽지 않다. 연습생이 아이돌로 데뷔할 수 있는 확률, 데뷔해서 차트에 진입할 확률, 3년 이상 활동할 확률은 낮고 또 낮다. 먼저 연습생이 된 친구들 중에 끝내 데뷔하지 못한 이가 더 많다. 음원을 냈지만 누구도 모르는 경우도 있다. 그들은 자조 섞인 말로 스스로를 '비밀 활동단'이라고 불렀다.

"그런 거 따져서 뭐 해. 오직 데뷔할 생각만 하자. 어차피 내가 데뷔하면 확률 100프로고, 내가 데뷔하지 못하면 확률 0프로잖아."

오늘이는 100프로만 생각하자고 기운을 북돋았다.

"아, 오늘이 형 말만 들으면 세상에 안 될 게 없을 것 같아. 형 나중에 멘탈 코치 같은 거 해."

"그러게. 아이돌보다 그게 더 잘 어울릴 수도."

대겸과 승찬이 오늘이에게 칭찬 아닌 칭찬을 했다.

"아냐. 난 아이돌이 되고 싶다고. 그러니까 우리 케이 팀이 데뷔해야 해. 자자, 이제 연습하러 가자."

오늘이는 이 말을 하며 멤버들을 데리고 연습실로 갔다.

"흑흑."

자다가 깬 오늘이는 온몸에 소름이 돋았다. 이게 무슨 소리지? '끄윽' 하고 흐느끼는 구슬픈 울음이다. 이건 혹시? 아무리 드래곤 시티가 미리들이 만든 곳이라지만 처녀 귀신까지 있는 건가. 은준이 그런 이야기는 안 했는데.

주말이라 연습이 일찍 끝났지만 오늘이는 조금 더 연습을 해야 할 것 같아서 홀로 남았다. 진을 뺄 정도로 춤을 추었더니 갑자기 피곤해졌다. 연습실 구석에 짐을 놓거나 옷을 갈아입을 수 있도록 파티션을 세워 두었는데, 얼마 전 매니저 형에게 부탁해 얇은 매트를 가져다 놓았다. 오늘이는 잠깐만 쉴 생각으로 매트에 누웠다가 깜박 잠이 들었다.

울음소리가 계속 들렸다. 아직 밤 열 시인데 벌써부터 귀신이 출몰하는 건가. 보통 귀신은 더 늦게 나타나야 하지 않나? 오늘이는 최대한 숨을 작게 쉬었다. 저러다 가겠지. 그런데 왜 이렇게 몸이 떨리는지 모르겠다.

"에취."

오늘이도 모르게 재채기가 나왔다. 최대한 숨을 안 쉬려고 했지만 이미 늦었다. 파티션으로 귀신이 쓱 다가왔다.

세상에, 귀신이 아니라 린아였다. 오늘이는 매트에서 벌떡 일어났다.

"어휴, 다행이다."

오늘이의 말에 린아가 인상을 썼다.

"뭐야, 너? 왜 여기 있어?"

그건 오늘이가 물어보고 싶은 거였지만 린아가 따져 묻기에 대답했다.

"오늘 우리 팀 연습 있었거든. 난 네가 귀신인 줄 알고 얼마나 놀랐는데. 진짜 이대로 데뷔도 못 하고 죽는 건 아닌가 별별 생각이 다 들었다니까."

오늘이는 왜 자신이 변명을 해야 하나 싶었다.

"나 알지? 지난번에 스튜디오에서 만났잖아. 난 오늘이야. 성이 오고, 이름은 늘."

"네 이름 안 궁금하거든?"

린아가 차갑게 쏘아붙였고 오늘이는 무안함을 느꼈다. 오늘이가 주섬주섬 가방을 챙기는데 린아가 파티션에 몸을 기댄 채 오늘이를 노려보고 있다. 린아는 용건이 있는 듯했다.

"걱정하지 마. 이것도 아무한테 말하지 않을 테니까."

오늘이가 린아를 비켜서 나가는데 "저기." 하고 린아가 말을 걸었다.

"30분, 아니 20분만 더 있어."

"나?"

오늘이가 손가락으로 자기를 가리키며 물었다.

"여기 너 말고 또 누가 있어?"

"아니. 없지."

"실장님이 데리러 온다는데 조금만 기다리래. 괜히 네가 귀신 이야기를 하는 바람에 혼자 있기 무섭단 말이야."

린아가 툴툴댔다. 그리고 연습실 중앙으로 걸어가 바닥에 주저앉았다. 오늘이는 10미터쯤 떨어져 앉았다. 아무 말도 안 하고 있기도 뭐해 오늘이는 린아에게 말을 걸었다.

"연습하러 온 거야?"

"아니. 숙소에서 나왔는데 갈 데가 여기밖에 없더라고."

"왜 나왔는데?"

"동생들 앞에서 울 수 없잖아. 뭘 그렇게 물어?"

린아는 자기도 모르게 괜한 말을 한 것 같아 더 짜증을 냈다.

"고소 건 때문이지?"

오늘이의 물음에 린아는 어떻게 알았냐고 물었다.

"회사에서 가장 관심받는 게 너희 매직펄이잖아. 오다가다 들었어."

매직펄에게 1년 가까이 지속적으로 악플을 단 사람을 고소하기로 했다. 다들 이번에 본보기를 보여 주면 당분간 괜찮을 거라며 잘됐다고, 예전에는 악플로 고소 같은 건 못했다며 그래도 다행이지 않느냐고 했다. 오늘이는 그 이야기를 들으며 매직펄도 과연 그렇게 생각할까 싶었다.

"너 많이 힘들겠다. 고소한다고 네가 받은 상처가 사라지는 건 아닌데."

린아가 오늘이를 바라봤다. 린아는 그동안 악플을 모른 체했다. 악플은 인기에 따라오는 수수료 같은 거고, 악플러는 상종할 필요도 없는 키보드 워리어일 뿐이니까. 모두가 린아를 그런 말로 위로했다.

린아는 속상한 티를 내지 않았다. 린아는 팀의 리더이고 린아가 무너지면 다른 멤버들도 영향을 받는다. 아이돌에게 중요한 건 멘탈 관리다. 린아는 강한 모습을 보여 주기 위해 더 꾹꾹 참았다. 그런 악플 따위에 흔들리지 않겠다고, 신경도 안 쓰겠다고 다짐했다. 하지만 자기 이름을 검색하다가 나오는 악플을 보면 바늘로 찔리는 기분이 들었다.

'내가 잘못한 것도 없는데 왜 그렇게 나를 아프게 하는 거지? 내가 그 정도로 미운가? 내가 나쁜 짓을 했나?'

악플러보다 팬이 훨씬 많다는 걸 안다. 하지만 린아는 만나는 사람마다 저 중에도 악플을 단 사람이 있지 않을까 하는 생각이 들면 섬뜩해졌다.

"힘들었겠다. 견디느라."

오늘이의 말에 린아는 네가 뭘 아느냐고 신경질을 내려고 했다. 그런데 목 아래서부터 무언가 올라왔고 말을 하는 대신 눈물을 터뜨렸다. 아까는 참느라 끅끅댔지만 이번에는 참지 않았다. 안에 꼭꼭 숨겨 두었던 울음을 전부 다 토해 냈다. 린아는 울음뿐만 아니라 마음을 무겁게 하는 말도 내뱉었다.

"도저히 뭘 먹을 수가 없어. 먹으면 또 살로 갈 테니까. 턱살 있다고, 허벅지 두껍다고 얼마나 댓글이 달리는지 몰라. 아, 진짜 싫어."

오늘이는 아무 말도 하지 않고 린아의 말을 들어 주었다. 지금 린아에게 필요한 건 위로의 말보다 들어 주는 귀니까. 아이돌은 팬들의 가장 예쁘고 멋지고 좋은 사랑을 받아 만들어진다. 그렇기에 아이돌도 그런 모습만을 보여 줘야 한다. 좌절하는 린아, 힘들어하는 린아를 원하는 팬들은 없다.

오늘이는 휴지를 가져와 린아 쪽으로 쓱 밀었다. 린아는 얼굴에 묻은 눈물을 닦고 코까지 시원하게 흥 풀었다.

린아는 이런 마음을 처음으로 털어놓았다. 회사에서는 아이돌의 멘탈 관리를 위해 심리 상담을 받게 한다. 하지만 솔직하게 자기 마음을 이야기하는 아이돌은 많지 않다. 심리 상담사를 고용한 건 회사이기에, 상담 때 이야기한 내용은 완벽한 비밀 보장이 되지 않는다. 회사에 직접 이야기하는 대신 심리 상담 선생님을 통해 이야기하는 것뿐이다. 그러다 보니 심리 상담 시간에 린아는 들으면 마음이 편안해지는 음악을 추천받거나, 회사가 알면 좋을 것 같은 불만 사항 정도만 토로한다.

"아, 배고파."

린아가 혼잣말을 했다. 오늘이는 가방 안에 간식으로 먹으려고 넣어 둔 초코바가 떠올랐다. 그걸 가져와 린아에게 건넸지만 린아는 받지 않았다.

"너, 이거 칼로리가 얼마인 줄 알아? 따라와."

오늘이는 아무 말 없이 린아를 따라 연습실에서 나왔다. 린아가 간 곳은 연습생들의 사물함이 있는 곳이다. 린아는 맨 아래에 이름이 붙여져 있지 않은 칸을 열었다.

"있다!"

린아는 그 안에서 파우치를 하나 꺼냈다. 린아는 파우치 안을 들여다보며 날짜를 확인했다. 유통 기한이 다행히 아직 남았다. 린아는 하나를 더 꺼내 오늘이에게도 건넸다.

"이게 뭐야?"

"곤약 젤리. 예전에 연습할 때 오면 먹으려고 가져다 둔 건데 아직 있네."

린아는 5칼로리밖에 되지 않는다며 좋아했다. 린아는 뚜껑을 열어 아주 조금씩 곤약 젤리를 먹었다. 오늘이도 린아를 따라 뚜껑을 열었는데, 두 모금 마셨더니 후루룩 다 사라졌다.

"맛이 없진 않네."

"그렇지?"

"그렇다고 맛이 있진 않아."

오늘이가 입술에 남은 곤약 젤리를 혀로 핥으며 대답했다.

"너 나중에 TV에 나온 네 모습을 봐야 '아, 이거라도 먹을 수 있어 다행이다!' 할 거다."

오늘이는 린아의 말을 이해할 수 있었다. 연습 영상을 찍어 화면으로 보면 오늘이는 너무 크게 나왔다. 오늘이가 거울로 보는 것보다 1.5배는 더 부어 보이고 몸도 커 보였다. 오늘이가 드래곤 시티에 들어와 마른 아이돌을 보고 얼마나 놀랐는지 모른다. 영상으로 본 것보다 훨씬 말랐다. 안 그래도 승찬과 대겸은 과자와 초콜릿 같은 간식을 끊었고 해인도 탄수화물을 먹지 않고 있다. 오늘이도 먹는 양을 3분의 2 정도로 줄였다.

예전에는 소속사에서 아이돌의 몸무게를 관리하며 식단 조절을 시켰지만 요즘은 그렇지 않다. 소속사에서 시키지 않아도 다들 알아서 스스로 관리한다. 체중 관리는 아이돌이라면 당연히 해야 할 기본 중의 기본이 되어 버렸다. 사회에서는 외모지상주의를 비판하고 얼평을 하는 걸 지성적이지 못하다고 하지만 아이돌에게는 예외다.

"아직도 먹어?"

사물함에서 연습실로 돌아온 이후에도 린아는 계속 곤약 젤리를 먹고 있다.

"너 마술사 같다."

"뭔 소리야? 아이돌이 무슨 마술사?"

"아니. 먹어도 먹어도 곤약 젤리가 안 줄잖아."

"뭐래?"

린아가 입으로 욕을 하는 대신 눈으로 표현했다.

내 꿈은 아이돌

거울에는 곤약 젤리를 아끼고 아껴 먹는 린아가 보였다. 린아는 그런 자기 모습이 익숙하면서도 낯설었다.

"그래. 나 내일까지 이거 하나로 버틸 수 있어."

린아는 자조 섞인 말투로 말했다.

"칼로리 때문만은 아니야. 요즘 삼키는 게 잘 안 돼. 그래서 스프나 국 같은 것만 먹어."

오늘이는 '어휴~!'라는 탄식을 속으로 눌러 삼켰다. 이런 '소식좌'가 '대식좌' 흉내를 내려니 얼마나 힘들까.

"아, 맛있는 거 먹고 싶다."

린아가 곤약 젤리를 든 손을 아래로 뚝 떨어트리며 말했다. 계속 먹다 보니 밍밍한 맛만 났다.

"진짜 맛있는 곰탕집 아는데."

"나 곰탕은 잘 먹는데. 곰탕 맛있겠다."

린아는 입맛을 다셨다. 아직도 린아의 매니저는 도착하지 않았다. 린아가 바닥에 주저앉았고 오늘이도 조금 떨어져 자리를 잡았다.

"기분이 어때?"

"뭐가? 곤약 젤리로 버티는 거?"

"아니. 인기 아이돌 되면 말이야."

오늘이는 매직펄로 살면 어떤 기분일까 궁금했다. 인기 아이돌이 된 자신의 모습을 자주 떠올려 보지만 아직은 상상일 뿐이다.

"엄청 좋아. 가끔 안 믿겨. 내가 뭐라고 사람들이 이렇게 좋아해 주나. 어느 날 눈 뜨면 모든 게 꿈이었을까 봐 걱정돼."

린아는 연습생일 때 아이돌이 되는 꿈을 꿨지만, 이제는 반대의 꿈을 꾼다. 꿈속에서 린아는 아이돌이 아니다. 그보다 더 끔찍한 악몽은 없다.

"네 꿈은 아이돌 되는 거지?"

"당연하지."

오늘이는 열세 살부터 다른 꿈은 한 번도 꾼 적이 없다. 학교에서 장래 희망을 적어 내라고 하면 아는 직업이 아이돌밖에 없는 것처럼, 세상에 직업이 아이돌밖에 없는 것처럼 아이돌이라고 썼다.

"내 꿈도 같아. 나도 아이돌이 되고 싶어."

오늘이는 린아의 말이 이해되지 않았다.

"너 지금 아이돌이잖아."

"앞으로도 계속 아이돌이고 싶어."

린아에게 미래와 두려움은 동일어다. 오히려 연습생이 되기 전에는 미래를 생각하면 힘차고 밝았는데 이제는 모르겠다. 언제까지 여기에 머물러 있을 수 있을까? 매직펄보다 더 반짝이

내 꿈은 아이돌

는 그룹이 나온다면 매직펄은 밀려날 거다.

"그러니까 지금 정상에 있어서 아주 좋다는 거군."

린아는 고개를 갸우뚱했다.

'그게 그 뜻인가.'

"자, 밸런스 게임. 아무도 관심 없는 비인기 아이돌 vs. 인기 많지만 악플 받는 아이돌."

린아가 생각을 하느라 대답을 머뭇거리자 오늘이는 3초 안에 대답해야 한다고 말했다. 오늘이가 2까지 셌을 때 린아가 대답했다.

"인기 많지만 악플 받는 아이돌."

"데뷔 못 하고 마음껏 먹기 vs. 데뷔하고 못 먹기."

"데뷔하고 못 먹기."

"딱 지금의 너네."

"뭐야."

린아가 치, 소리를 내며 입을 비죽였다.

"아, 나도 얼른 데뷔하고 싶다!"

오늘이가 앉은 채로 기지개를 켜며 말했다. 린아가 여전히 곤약 젤리를 먹고 있는데 연습실 문이 열렸다. 린아의 담당 실장이다.

"늦어서 미안. 가자. 데려다줄게."

린아가 실장을 따라나서며 오늘이가 앉아 있는 쪽으로 걸어왔다. 오늘이는 린아만 들을 수 있도록 작게 말했다.

"나 듣는 거 잘해. 그리고 입은 아주 무거워. 또 쏟아 내고 싶으면 여기로 찾아와."

린아가 오늘이를 쳐다보며 쏘아붙였다.

"됐거든."

린아가 문을 닫고 나갔다. 오늘이는 춤 연습을 더 해야 할 것 같았다. 가볍게 스트레칭을 해 몸을 푼 후 음악을 재생했다.

내 꿈은 아이돌

루머

교실 문을 열고 들어갔을 때 석진이 크게 오늘이를 불렀다. 급기야 석진은 다급하게 오늘이 쪽으로 달려왔다.

"너, 왜 그렇게 연락이 안 돼?"

"연락했었어?"

오늘이는 가방에서 휴대폰을 꺼냈다. 배터리가 없어서 휴대폰이 아예 꺼져 있었다. 오늘이는 연신 하품을 했다. 어제 학교가 끝나자마자 연습실에 가서 밤 열두 시까지 연습했다.

"내가 얼마나 많이 연락했는데. 야, 정신 좀 차려 봐."

오늘이는 책상으로 가서 곧바로 엎드렸다. 너무 졸리다. 차라리 학교에 있는 게 편하다. 여기서는 앉아 있기만 하면 되니까. 연습생 생활은 학교를 두 개 다니는 것과 마찬가지다. 학교가 끝나고 또 학교에 가는 것과 다름없다.

"그거 진짜야?"

석진은 오늘이 앞자리 의자를 빼내어 앉았다.

"뭐가?"

"드래곤 시티 진짜 사이비야?"

"엥? 그게 뭔 소리야?"

석진이 휴대폰을 꺼내어 동영상을 보여 줬다. 제목은 '드래곤 시티의 실체. 알고 보니 사이비 종교?!'라고 적혀 있다.

클릭해 보니 드래곤 시티 소속사 건물과 소속 연예인의 사진이 줄지어 뜨면서 나레이션이 나왔다. 드래곤 시티가 실은 사이비 종교이며 10대들에게 포교하기 위해 사이비 종교에서 아이돌 그룹을 만들어 냈다는 내용이다. 드래곤 시티 회사 내부를 공개하지 않은 건 그 안에 예배당이 있기 때문이고 주신아 대표는 2대 교주라고 했다. 동영상은 3분이 채 되지 않았다. 다 보고 난 뒤 오늘이는 풉, 하고 웃음을 터트렸다.

"이거 가짜 뉴스야. 아니, 뉴스도 아니지."

인터넷에는 조회 수를 늘리기 위해 터무니없는 이야기를 꾸미며 사실처럼 둔갑시킨 영상들이 무척 많다. 연예인의 열애설은 약과고 사망설도 흔하다. 얼마 전에는 집에 있는데 엄마가 좋아하는 배우가 죽었다며 젊은데 너무 안됐다고 탄식했다.

루머

알고 보니 가짜 동영상이었다. 엄마는 어떻게 이런 걸 거짓으로 올릴 수 있느냐며 천벌을 받아야 한다고 화를 냈다.

하지만 양치기 소년들은 천벌을 받기는커녕 조회 수를 높여 수익을 얻는다. 그래서 출처 없는 동영상은 믿고 걸러야 하지만, 일반 사람들의 상식에서는 이런 거짓을 만들어 낸다는 게 더 거짓말 같은 일이기에 믿게 된다.

드래곤 시티도 소속 연예인과 관련된 가짜 동영상으로 골머리를 썩이고 있다. 사이트에 신고를 하더라도 영상은 쉬이 내려가지 않는다. 동영상을 올리는 서버가 외국 회사라 고발이 쉽지 않고, 고소를 하더라도 벌금이 적다. 벌금보다 가짜 영상으로 얻는 수익이 높기에 벌금 따위 두려워하지 않는다.

"이 논리대로라면 드래곤 시티 팬들은 신도라는 거잖아. 너 신도야?"

"당연히 아니지."

석진이 말도 안 되는 소리 말라고 했다. 그런데 동영상은 말이 안 됨에도 불구하고 조회 수가 높을 뿐 아니라 인터넷에서 계속 논란이 되고 있었다.

"지금은 아니지만 팬들을 세뇌시키고 있대. 매직펄 음악을 잘 들으면 '드래곤을 믿어라, 믿어라.' 하는 게 저주파로 녹음되어 있다는 거야."

오늘이는 아무 말도 하지 않고 물끄러미 석진을 바라봤다. 그러자 석진은 "왜?" 하고 물었다.

"너도 참. 믿을 걸 믿어야지."

석진의 말이 너무 말 같지도 않아서 오늘이는 더 할 말이 없었다.

"그렇지? 나도 안 믿었어."

석진은 얼른 태세 전환을 했다. 무엇보다 드래곤 시티 연습생인 오늘이가 확실하게 아니라고 말하니 안심을 하는 눈치다.

오늘이는 1교시가 시작되기 전까지 잠깐이라도 눈을 붙이려고 눈을 감았다.

"그런데 오늘아. 너 나한테 숨기는 거 없지?"

석진의 말에 오늘이는 순간 놀라서 심장이 멎는 듯했다. 드래곤 시티가 미리족들이 모인 곳이라고 어찌 말할 수 있을까.

"당연히 없지. 나 좀 잔다. 담임 오면 깨워."

오늘이는 눈을 감은 후 5초도 되지 않아 곧바로 잠들었다.

드래곤 시티 건물 앞에 많은 사람들이 모여 있다. 카메라를 들고 있는 기자들뿐 아니라 팬클럽 회원들까지 있다. 팬클럽이 들고 있는 피켓에는 '드래곤 시티는 명명백백하게 사실을 밝혀라!'라고 적혀 있다.

루머

팬클럽은 아티스트 보호를 위해 무소음 시위를 진행 중이라고 알렸다. 이런 지 벌써 일주일이 넘었다.

회사 정문이 막혀 있어 오늘이는 후문을 통해 들어올 수 있었다. 연습실에는 케이 팀 멤버들이 모두 있었다.

그런데 보컬 연습 시간이 되었는데도 선생님이 오지 않았다. 윤빈이 연락해 보니 회의가 있다며 자율 연습을 하라고 했다. 멤버들은 어제 연습하던 걸 이어서 하기로 했다. 윤빈이 첫 부분을 불렀고 이어서 멤버들이 자기 파트를 맡아 불렀다.

"다시 한번 해 보자."

지휘대에 선 윤빈이 박자를 맞추며 말했다.

윤빈의 미성은 언제 들어도 좋다. 남자가 어쩜 저렇게 높은 음역대를 소화할 수 있는지 신기하다. 윤빈은 타고난 거겠지? 아무리 열심히 연습해도 타고난 재능을 뛰어넘을 수는 없다. 멤버들과 함께하며 오늘이는 종종 미리들의 능력이 부러웠다.

"네 차례잖아."

윤빈이 턱짓으로 오늘이를 가리키며 말했다. 넋을 잃고 윤빈의 목소리를 듣고 있다가 차례를 놓쳤다. 오늘이가 노래를 이어 부르는데 대겸이 한숨을 쉬었다.

"우리 회사 괜찮겠지?"

다들 노래 부르는 걸 멈췄다.

드래곤 시티에 대한 헛소문이 가짜 동영상에서 끝날 줄 알았는데 블로그에 녹취록이 올라왔다. 주신아와 회사 임원이 전화 통화하는 내용이었다. 주신아는 우리의 비밀 유지를 당부했고 우리 정체가 발각되면 위험하다는 말을 여러 번 했다. 이는 임원들뿐만 아니라 선생님, 연습생들끼리도 자주 하는 말이다. 가짜 녹음이라고 하기에는 누가 들어도 주신아의 목소리가 확실했다.

처음에 회사에서는 '비밀 유지'를 매직펄의 신곡에 관한 것이라고 둘러댔다. 하지만 주신아의 다른 통화 녹음에서도 비슷한 내용이 계속 나왔다. 이걸 두고 드래곤 시티는 비밀이 있는 게 분명하다며 사이비 종교 음모론이 더 불거지게 되었다. 팬들이 주신아를 여신이라고 부른 게 실은 교주를 칭하는 거라는 말도 안 되는 이야기까지 나왔다. 매직펄 콘서트에 주신아가 간 적이 몇 번 있는데, 무대 위에 오른 주신아는 관중들을 향해 "믿죠?" "믿는 만큼 커집니다."라는 말을 했다. 그 발언도 문제가 되었다.

처음에 소속사에서는 시간이 지나면 잠잠해질 거라고 판단했지만 오히려 의심을 더 불러일으키고 있다. 팬클럽도 드래곤 시티가 무조건 아니라고만 하지 말고 사이비 종교가 아니라는 것을 밝혀 달라고 요구 중이다.

그렇지만 맞는다는 걸 증명하는 것보다 아니란 것을 증명하는 게 훨씬 더 어렵다.

"이러다가 회사 문 닫는 거 아니야?"

승찬도 걱정스러운 듯 말했다. 드래곤 시티 주식이 연일 폭락 중이고 소속 연예인들의 방송 출연이 줄줄이 취소되고 있다.

"괜찮을 거야."

오늘이도 말은 그렇게 했지만 다른 멤버들과 마찬가지로 걱정이 되었다. 인터넷에는 연일 수상한 드래곤 시티와 관련된 글이 넘쳤고 시사 프로그램에서도 드래곤 시티를 다뤘다. 콘서트를 관람하는 팬들은 사이비를 찬양하는 광신도처럼 편집되었다. 신비로움의 상징이었던 드래곤 시티는 폐쇄적이고 음침한 이미지로 변했다. 오늘이의 부모님마저 드래곤 시티에서 이상한 걸 배우는 게 아니냐고 물을 정도였다.

다들 연습을 하지 않고 휴대폰으로 SNS에 접속해 사람들의 반응을 살폈다.

"어? 매직펄 팬클럽에서 방금 성명서 냈어."

대겸은 케이 팀 채팅방에 성명서 내용을 공유했다.

오늘이는 석진을 통해 팬클럽에서 성명서를 준비 중이라는 말을 듣긴 했지만 자세한 내용은 몰랐다.

오늘이는 성명서를 찬찬히 읽었다. 드래곤 시티가 무대응으로 일관하자 매직펄 팬클럽은 매직펄을 보호하겠다며 계약 해지를 요구하고 있다. 매직펄이 드래곤 시티에서 나오지 않을 경우 팬클럽 탈퇴라는 초강수도 뒀다.

"매직펄도 이거 보겠지?"

"그렇지."

매직펄은 현재 남미 투어 콘서트 진행 중이라 다음 주에 한국으로 들어온다. 오늘이는 린아가 걱정되었다. 아이돌에게 가장 든든한 버팀목이 되어 주는 건 회사가 아닌 팬이다. 아이돌은 가장 높은 곳에서 빛나는데 그게 가능한 이유는 아이돌을 향해 불을 밝혀 주는 팬들이 있어서다. 팬은 아이돌을 선택하지만 아이돌은 팬을 선택할 수 없다. 오로지 선택받을 뿐이다.

오늘이는 지난번 은준을 만났을 때 들었던 미리족 이야기가 떠올랐다. 이무기를 처음 본 사람이 "뱀이다!"라고 소리치면 그 이무기는 뱀이 되고, "용이다!"라고 부르면 용이 되었다는. 사람들의 평가에 영향을 받는 미리족은 그래서 아이돌에 잘 맞는다고 했다.

오늘이와 승찬, 대겸, 해인은 회사의 앞날에 대해 걱정하며 이런저런 이야기를 나눴다.

"그렇게 떠들 시간 있으면 연습이나 더 해. 아직 우리는 드래곤 시티 연습생일 뿐이야. 소속 아티스트가 아니라고."

윤빈이 그만 좀 하라며 핀잔을 주었다. 다른 팀들도 지금 이럴 거 같으냐는 말에 오늘이와 나머지 멤버들은 정신을 번뜩 차렸다.

하지만 결국 케이 팀은 연습을 다 마치지 못하고 회사에서 나왔다. 선생님들도 연습을 봐 주러 오지 않았고 구내식당도 쉰다고 했다. 이런 분위기에서는 연습을 해도 능률이 오를 것 같지 않다. 회사 앞에는 여전히 많은 사람들이 모여 있다.

"혹시 드래곤 시티 연습생이에요? 회사에 대해서 알고 있었어요?"

기자로 보이는 사람이 케이 팀 앞을 막아 세웠다. 다섯 명이 모여 있다 보니 연습생들이라는 것을 들켰다. 아무 말도 하지 않고 걸어가는데 기자가 계속 쫓아왔다. 그 기자뿐만 아니라 다른 기자들까지 몰려왔다. 하는 수 없이 다섯 명은 기자들로부터 달려서 도망쳤다.

100미터쯤 달린 후 아이들이 멈춰 섰다. 다행히 여기까지는 기자들이 따라오지 않았다. 근처 식당에서 저녁을 먹으려고 했지만 아까 그 기자들을 또 마주칠까 싶어 엄두가 나지 않았다.

"그냥 우리 집 가서 시켜 먹을까?"

대겸이 물었고 다들 그러자고 했다. 대겸은 회사 근처에서 혼자 자취를 한다. 회사에서는 식당이 문을 닫았다며 대신 식비를 주었다. 집으로 가는 길에 족발을 주문했다.

"오오, 완전 좋은데?"

아이들은 대겸의 집을 보고 감탄했다. 집 안 전체가 새것 느낌이 물씬 날 뿐만 아니라 넓고 좋았다. 원룸이라고 하지만 오늘이가 쓰는 방보다 몇 배는 컸다. 텔레비전에서 본 혼자 사는 연예인들의 집 같았다. 침대에 소파, 텔레비전, 컴퓨터까지 오늘이가 원하는 게 전부 다 있다. 이런 좋은 집에 혼자 살다니 승찬과 해인도 대겸에게 부럽다고 했다.

책상 위에는 도마뱀도 있었다. 미리족은 반려 도마뱀을 가지고 있다고 은준이 알려 줬다. 미리족은 파충류를 가까이할 때 좋은 에너지를 얻을 수 있는데, 보통 도마뱀을 가지고 있다. 그래서 드래곤 시티 회사에 비바리움이 그렇게 많은 거였다.

"삼각 김밥 먹을 사람?"

대겸이 냉장고를 열어 삼각 김밥 여러 개를 꺼냈다.

"삼각 김밥도 사다 놨어?"

"아니. 오전에 알바 끝나고 받아 왔어. 폐기되는 거 점장님이 종종 주셔. 오늘은 좀 많이 남았더라고."

"너 편의점 알바를 해?"

오늘이의 물음에 대겸이 고개를 끄덕였다. 대겸이 학교에 다니지 않는 것은 알고 있었지만 낮에 알바를 하는 줄은 몰랐다.

루대

아이들은 삼각 김밥을 하나씩 먹었다.

"여기 은근히 관리비가 비싸. 생활비도 벌어야 하고."

"부모님이 안 주셔?"

해인이 물었다.

"부모님…… 안 계셔. 아빠는 돌아가셨고 엄마하고는 연락이 안 돼."

분위기가 순식간에 가라앉았다. 다들 전혀 모르고 있었다. 대겸은 생수를 꺼내 컵에 따르며 말을 이었다.

"내가 세 살 때인가 아빠, 엄마가 이혼하셨어. 그래서 할머니가 키워 주셨는데 나 초등학교 5학년 때 할머니가 돌아가신 거야. 그래서 캐나다에 있는 아빠 집으로 갔는데 아빠가 돌아가셨어. 새엄마가 날 불편해하더라고. 나도 새엄마랑 살고 싶지 않아서 아빠 보험금으로 이 집을 얻었어."

대겸은 담담하게 자기 이야기를 털어놨다. 외국에서 살다 오고 좋은 오피스텔에서 살고 있어 당연히 부잣집 아들일 거라 여겼다. 대겸이 말하지 않았으면 오해할 뻔했다.

"아, 그렇게 불쌍한 눈으로 보지 마. 내가 그래서 이야기 안 하려고 했는데. 나 잘 살고 있다고."

"알지. 우리 대겸이 귀엽게 잘 살고 있는 거."

오늘이는 대겸의 볼을 손으로 꼬집으며 말했다. 대겸이 아프다고 소리를 질렀지만 오늘이는 놔 주지 않았다.

"괜히 말했네. 그냥 금수저로 오해받고 있을걸."

대겸이 꼬집힌 볼을 어루만졌다. 볼이 빨갛게 변한 걸 보니 오늘이는 너무 과했나 싶어 미안해졌다. 대겸에게 그런 사연이 있을 줄 몰랐다. 사람들은 자신이 보고 싶은 대로 세상을 본다. 자신이 생각한 게 맞다고 생각하면 새로운 정보가 생길 때까지 생각을 바꾸지 않는다. 드래곤 시티 일도 그렇다. 사이비로 한 번 낙인이 찍혔기에 그 오해를 푸는 게 쉽지 않을 거다.

"딩동."

초인종 벨이 울렸다. 기다리던 족발이 도착했다. 다섯 명은 언제 삼각 김밥을 먹었냐는 듯 첫 끼인 것처럼 족발을 먹었다.

점심을 먹고 시작한 회의는 저녁때가 되어서야 끝났다. 신아는 회의가 끝나자마자 회의실 문을 열고 나갔다. 연석은 따라가 볼까 하다가 그만두었다. 회의 내내 신아는 집중포화를 맞았다. 말이 대책 회의지 임원들은 결국 주신아가 사퇴하는 것으로 방향을 몰아갔다.

지금 드래곤 시티가 사이비 종교로 몰리는 증거는 크게 두 가지다. 첫 번째는 주신아의 녹취록과 발언들이고 두 번째는 안다 도사였다. 안다 도사는 연석의 아버지와 함께 드래곤 시티를 만들었다. 30년 전부터 인터넷 사업에 관심이 많아 웹 사이트 개발로 큰돈을 벌었고, 그 돈으로 드래곤 시티에 투자했다. 개량 한복을 입고 다니고 말끝마다 '안다마다'라고 해서 장난삼아 '안다 도사'라는 별명이 붙었는데, 안다 도사가 주신아와 만나는 모습이 사진으로 찍혔다. 안다 도사는 1대 지도자이고 주신아가 2대 지도자라는 루머가 퍼지고 있다.

주신아로 꼬리 끊기를 하는 게 과연 최선일까? 연석은 주신아가 드래곤 시티 대표가 된 게 마음에 들지 않았다. 하지만 연석이 바란 건 이게 아니다. 중소형 아이돌 기획사에 불과했던 드래곤 시티가 대형 기획사로 거듭날 수 있었던 건 주신아가 대표로 올라 매직펄을 키워 냈기 때문이다.

연석은 주신아에게 가지 않고 안다 도사에게 전화를 걸었다.

"웬일이냐?"

안다 도사의 목소리는 아주 평화로워 보였다.

"웬일이긴요. 삼촌은 기사도 안 봐요?"

연석은 오늘 회의에서 있었던 내용을 다 이야기했다.

"아, 그거. 좀 기다려 봐라."

안다 도사가 이렇게 태평한 걸 보면 안심해도 되는 건가 싶다가도 안다 도사가 드래곤 시티 주식을 모두 처분한 후라 자신과 관련 없어서 그럴 수도 있겠다 싶었다.

"신아가 힘들겠구나. 근데 지금 네가 신아 걱정할 때니? 너 이번에 성공 못 하면 다 끝이잖아."

"케이 팀은 반드시 데뷔한다니까요."

"참, 지난번에 그 연습생은 교체했어?"

연석은 안다 도사에게 미리족이 아닌 오늘이를 다른 연습생으로 바꿀 거라고 말했다.

"삼촌, 미국 가신다면서요?"

연석은 화제를 돌렸다. 안다 도사는 이제 드래곤 시티의 주주도 아니고 이번에 미국에 가면 언제 한국에 다시 들어올지 모른다. 오늘이가 케이 팀으로 데뷔하더라도 관심이 없어서 잘 모를 것이다.

연석은 퇴근을 하는 대신 지하 1층으로 내려왔다. 음악 소리가 복도까지 흘러나왔다. 문을 열고 들어가니 땀 냄새가 훅 끼쳤다. 케이 팀은 한창 연습 중이다. 연습을 얼마나 많이 했는지 아이들의 얼굴뿐만 아니라 옷도 땀범벅이다.

케이 팀이 가장 늦은 시간까지 연습한다는 이야기를 다른 직원들을 통해 전해 들었다. 케이 팀의 점수가 점점 오르고 있다. 며칠 전 치른 세 번째 월말 평가에서 케이 팀은 처음 상위권에 들었다. 다른 팀보다 월말 평가를 두 번 덜 치르기에 다음 달 평가가 중요하다. 여섯 번의 월말 평가 결과를 합친 중간 평가로

루머

연습팀 절반은 탈락하게 된다.

연석은 25년 전이 떠올랐다. 그때는 이 사옥에 들어오기 전이라 회사 사무실과 연습실이 따로 떨어져 있었다. 정류장에서 멀리 떨어진 다세대 건물 지하를 연습실로 개조해 사용했다. 지금처럼 연습실이 여러 개가 아니기에 연습실 하나에서 30명이 넘는 연습생이 한꺼번에 연습했다. 공간이 비좁아 춤을 추다가 부딪히는 경우도 있었다. 연석은 그때 일을 지금 연습생들에게 말하지 않는다. 해 봐야 '라떼 타령'일 테고 그렇게 연습한 연석은 결국 아이돌 데뷔를 하지 못했으니까.

구석에서 케이 팀이 연습하는 걸 지켜보며 연석은 아이들이 먹을 저녁을 주문했다. 연석은 종종 찾아와 사비로 식사를 사준다. 자주 와서 연습하는 걸 보고 싶지만 괜히 부담이 될 것 같아 일주일에 한 번 정도만 연습을 보러 온다.

노래가 끝났다. 거울 앞에 선 아이들이 저마다 엔딩 포즈를 취하며 씩 웃었다. 연석은 궁금했다. 그때 연석도 저렇게 웃은 적이 있었나?

"재밌니?"

"네. 제가 봐도 멋있는 거 같아요."

오늘이가 헤헤 웃으며 대답했다. 오늘이뿐만 아니라 다들 힘들어 보이지 않고 즐거워 보였다.

"지금 나, 아이돌 되기에 너무 늦었을까?"

연석이 자기도 모르게 내뱉은 말에 대겸이 곧장 대답했다.

"뭐 '중년돌'이면 가능하실지도 모르겠네요."

냉정한 평가에 연석은 웃고 말았다.

휴게실에 음식이 도착했다는 알람이 왔다. 연습실에서 식사를 하면 냄새가 잘 빠지지 않아 3층으로 가져다 달라고 부탁했다. 연석은 아이들을 불렀다.

"좀 쉬었다 하자."

저녁을 시켰다는 말에 케이 팀이 환호성을 질렀다.

아이들은 배달 온 초밥과 샐러드를 아주 빠르게 먹었다. 씹는 게 아니라 마시는 게 아닌가 싶을 정도다. 인원수에 맞게 시켰는데 더 시킬 걸 그랬나 싶다. 연석은 자기 몫의 초밥을 아이들에게 나눠 줬다.

10분도 채 되지 않아 식사가 끝났다.

"뭐 더 먹을래?"

연석이 뭐든 먹고 싶은 걸 말하라고 했지만 다들 괜찮다고 했다. 배부르게 먹으면 연습할 때 방해가 되기 때문이다. 적당히 배부를 때 그만 먹어야 연습 능률도 오른다.

먹은 걸 치우고 있는데 윤빈이 연석에게 물었다.

"회사, 괜찮은 거죠?"

"너희는 신경 쓰지 말고 테스트 준비하렴."

연석은 걱정하는 연습생들의 마음을 모르지 않았다. 이 상황에서 신경 쓰지 말라고 한들 신경을 안 쓸 수도 없을 거다. 하지만 연석이 해 줄 수 있는 말은 이것뿐이다.

"너희 부모님들이 걱정이 많으실 거다. 그런데 더 이상 이야기가 확대되지 않도록 회사에서 대처하고 있어."

이번 사태를 두고 연습생들의 부모들이 더 민감하게 반응했다. 계속 드래곤 시티에 있다가 미리족이라는 게 밝혀지면 어떻게 책임을 질 거냐고 따졌다.

"이 일로 우리의 정체가 드러나는 일은 절대로 없을 거야."

"그냥 밝히면 안 돼요?"

오늘이의 말에 다들 그게 무슨 소리냐고 되물었다. 모두의 반응이 싸늘해서 오늘이가 더 놀랐다. 연석도 한쪽 눈썹을 찡그리며 오늘이를 바라봤다. 오늘이가 미리가 아니기 때문에 아무 말이나 하는 게 아닌가 싶었다.

"논란이 된 건 대표님이 '정체를 숨겨야 한다'고 한 발언 때문이잖아요. 미리인 걸 들키지 않기 위해 계속 숨기기만 하니까 다들 사이비 종교라는 말도 안 되는 의심을 하는 것 같아서요. 차라리 드래곤 시티가 용이 되기 위한 미리들이 모였다고 공개하는 거죠."

"그게 말이 된다고 생각해? 지금 그걸 숨기기 위해 다들 혈안이 되어 있다고."

윤빈이 오늘이의 말에 반박했다.

"아니, 내 말은 숨기려고 할수록 더 이상해진다는 거야. 예전부터 드래곤 시티를 두고 팬들이 용과 관련한 팬픽 놀이를 했거든. 회사 이름 때문에 데뷔하면 용이 된다는 거야. 우리가 진짜 미리라고 말하는 게 아니라, 그런 척하자는 거지. 지금처럼 아니라고 부정만 하면 더 의심이 커질 거야. 우리가 맞다는 걸 보여 주면 오히려 의심도 사라지지 않겠어?"

윤빈이 이상한 소리 하지 말라며 오늘이의 말을 잘랐지만, 연석은 계속 말해 보라고 했다. 당장 닥친 일을 수습하려고 대책 없이 덮기만 하는 것보다, 위기를 기회로 만드는 전환이 필요한지도 모른다.

"드래곤 시티의 세계를 진짜로 보여 주는 거예요. 드래곤 시티의 실체를 세계관으로 만드는 거죠. 그럼 이제까지 지켜 온 신비주의 콘셉트가 다 납득될 거예요. 맞는 걸 맞다고 보여 주는 게 가장 쉽잖아요."

오늘이는 다른 기획사 아이돌의 세계관을 예로 들었다. 초능력자도 있고 우주에서 온 외계인도 있다. 연석은 과거 또래들이 데뷔했을 때를 떠올렸다. 생계형 아이돌, 부유한 교포 아이돌, 반항하는 아이돌 등 그 당시에도 아이돌마다 콘셉트가 있었다. 오히려 그때보다 지금의 콘셉트는 현실 밀착보다 환상에 가깝다.

연석은 오늘이의 아이디어가 꽤 괜찮게 느껴졌다. 드래곤 시티는 미리라는 정체를 숨기다 보니 문제가 더 커지고 있다. 오히려 이게 맞는다고 드러낸다면?

연석은 뒷정리를 케이 팀에게 부탁한 후 주신아를 급하게 찾아갔다.

오늘이 어제에게, 오늘이 내일에게

매월 마지막 주 토요일에는 특별한 행사가 있다. 이때는 다양한 분야의 유명 강사들을 초청해 강연을 듣거나 1:1 특별 멘토링을 받을 수 있다. 얼마 전까지 드래곤 시티를 두고 사이비 종교설이 돌아 행사가 연기됐었다. 당시에는 회사가 문을 닫느니 마느니 분위기가 심각했지만 드래곤 시티의 '용밍아웃'으로 반전을 맞았다.

연석은 오늘이에게 들은 걸 그대로 신아에게 전했다. 처음에 신아는 연석의 말을 받아들이지 않았다. 연석이 누구인가? 누구보다 신아가 대표 자리에서 내려가길 바라는 사람이 아닌가? 미리인 것을 숨겨야 하는 상황에 오히려 커밍아웃을 하자니 연석이 미쳐도 단단히 미친 게 아닐까 싶었다.

"그럼 이대로 물러날 거야?"

그 한마디에 반신반의하던 신아는 연석의 조언을 따랐다.

주신아는 기자 회견을 열고 티저 영상을 공개했다. 실은 드래곤 시티는 용이 되고 싶은 아이돌이 모인 곳이고, 현재 활동 중인 드래곤 시티 아이돌을 가상 현실 속 게임 캐릭터로 만들었다는 것이다. 그동안 주신아가 '정체를 숨겨야 한다'고 한 것은 이 세계관이었으며, 드래곤 시티의 아이돌을 메타 버스에서 만나는 앱의 출시를 앞두고 있다고 발표했다.

드래곤 시티를 향한 의심은 세계관 놀이로 바뀌었다. 용의 아이들을 키운다는 콘셉트는 대중에게 통했다. 드래곤 시티의 주가는 다시 올랐고 사람들은 다음 용의 아이들이 누구인지 궁금해하고 있다. 더 이상 사이비 종교설을 들먹이는 사람은 없다.

드래곤 시티의 내부 분위기도 다시 예전으로 돌아왔다. 몇 주간 연기되었던 행사가 다시 열린다. 이번 주제는 '선배 아이돌과의 만남'이다. 다른 연습생들의 말에 따르면 유명 아이돌이 아닌, 지금은 활동을 잘 하지 않는 선배들이 주로 온다고 했다. 그렇기에 별 기대 없이 강의실에 앉아 기다리고 있던 연습생들은 문을 열고 들어오는 사람을 보고 깜짝 놀랐다.

"린아?"

의자에 비스듬히 기대어 앉아 있던 연습생들이 몸을 똑바로 세웠다. 몇몇 연습생들은 박수를 치거나 소리를 질렀다. 케이팀도 흥분하여 "오오!" 하고 소리쳤다. 오늘이도 린아가 무척 반가웠다.

"안녕하세요. 매직펄의 린아입니다. 저도 예전에 저기 앉아 강연을 들었어요. 이제는 제가 선배 아이돌이 되어 돌아왔네요. 제가 직접 회사에 요청했어요. 연습생 분들과 함께 이야기하고 싶어서요."

린아는 연습생 때 있었던 일을 들려주었다. 지금도 바쁘고 정신없이 살고 있지만 그때만큼은 아니라고. 잠을 자고 있을 때도 데뷔 생각만 했다고. 연습생 때 있었던 일화도 풀어 줬다. 월말 테스트에서 꼴찌를 하는 바람에 팀이 분열되어 그만둘 뻔했던 것과 멤버들끼리 연습에 무단 불참하고 놀이공원에 간 에피소드 등 이걸 다 밝혀도 되나 싶은 이야기도 있었다.

"지금 많이 힘들죠? 연습량도 어마어마하고. 데뷔할 수 있을지 데뷔해도 살아남을 수 있을지 걱정도 많고. 저도 연습생 때로 돌아가라고 하면 절대 싫다고 할 거예요. 매직펄 멤버들끼리 연습생 때를 회상하면 다들 같은 반응이에요. 그런데 그 시간이 있어서 지금 저도, 매직펄도 있는 거 같아요."

린아는 방송보다 더 말을 재밌게 잘했다. 연습생들은 린아의 말에 귀를 기울였다. 이렇게 집중도가 높았던 강연은 이제까지 한 번도 없었다. 다들 언제 끝나나 시계를 쳐다보거나 졸았는데 린아의 말은 한마디도 놓치지 않으려고 했다.

"아, 이렇게 말하니까 나 되게 꼰대 같다. 그렇죠?"

그 말에 연습생들이 다 같이 웃었다.

린아가 궁금한 점을 물어보라고 하자 질문이 줄줄이 이어졌고 예정되었던 한 시간을 훌쩍 넘겨 특강이 끝났다. 강의실에서 나오는데 린아와 담당 실장이 오늘이 쪽으로 왔다.

"잘 들었어. 역시 매직펄 리더는 다르구나."

오늘이는 더 과장된 말투로 린아를 칭찬했다. 린아는 샐쭉한 표정을 지었지만 칭찬이 기분 나쁘지는 않았는지 한쪽 입꼬리만 올려 미소를 지었다.

"지난번에 네가 말한 곰탕집 어디야? 나 지금 실장님이랑 저녁 먹으러 가려고."

"멀지는 않은데 거기 대기 줄이 엄청 길어. 오늘 주말이라 한 시간은 대기해야 할걸?"

"그래?"

오늘이가 석진네 식당 이름을 알려 줬다. 실장은 예전에 가 본 적이 있는데 분명 대기해야 한다며 다른 곳에 가자고 했다.

"잠깐만 기다려 봐. 내가 한번 알아볼게."

오늘이는 석진에게 전화를 걸었다. 수화음이 여러 번 갔지만 석진이 전화를 받지 않았다. 서빙을 하느라 바쁜가. 주말에도 석진은 식당 서빙 일을 한다. 종료 버튼을 누르려는데 석진이 전화를 받았다.

"왜? 나 엄청 바빠."

"지금 너희 식당 줄 길지?"

"응. 어제 누가 방송에서 곰탕을 먹었나 봐. 그래서 오늘 손님 더 많아. 아직 저녁 시간도 아닌데 말이야."

"어떻게 후계자 '빽'으로 줄 안 설 수 없어?"

"야, 지금 세상이 어떤 세상인데. 청탁 금지입니다."

석진이 단호하게 말했다. 석진네 식당은 모두가 줄을 서야 한다. 유명 셰프들이 줄 서서 기다리는 사진이 찍혀 인터넷에 돌아다닌 적도 있다. 심지어 석진네 친척들도 먹으려면 줄을 서야 한다고 했다.

"린아가 너희 식당 가고 싶다고 해서."

"뭐? 누구? 린아? 제나랑 제일 친한 그 린아?"

음성 통화지만 석진이 놀라서 튀어 오르는 모습이 눈에 선했다. 석진은 진짜냐며 몇 번을 물었다.

"근데 줄 길면 못 갈 거 같아."

"아냐. 그냥 와. 나 지금 나가고 있어. 내가 대신 줄 서서 기다릴게."

석진이 뛰어나가는지 헉헉대며 말했다. 석진은 한 시간 후에는 자리 받을 수 있다며 꼭 오라고 당부했다.

통화를 끝낸 오늘이는 린아에게 갔다. 여섯 시에 가면 된다고 하니 린아는 그때 맞춰서 가겠다고 했다.

"너도 같이 갈래? 네 친구네라며?"

주말에는 아침부터 연습을 해서 저녁은 자율 연습 시간이다. 오늘이가 알겠다고 대답하는데 옆에서 대겸이 쓱 끼어들었다.

"누나, 저희도 같이 가면 안 될까요? 저희가 한 팀이거든요."

대겸이 케이 팀을 가리키며 말했다. 대겸은 강아지처럼 촉촉하고 큰 눈망울로 린아를 바라봤다.

"그래. 같이 가자."

린아는 흔쾌히 말했고 대겸과 승찬, 해인이 두 주먹을 쥔 채 '앗싸!' 하고 외쳤다. 지난번 평가에서 높은 점수를 받았을 때도 저렇게까지 좋아하지 않았는데.

케이 팀 모두가 린아와 함께 차에 탔다. 매직펄 전용 밴은 클 뿐만 아니라 모든 편의 옵션이 다 갖춰져 있었다. 차량 시트도 최고급이었고 자리마다 액정이 달려 있다. 연예인이 타는 대형 밴은 회사 주차장에 세워 둔 것만 봤을 뿐 처음 타 본다. 선팅이 진해서 바깥에서는 안이 조금도 보이지 않는다.

"아, 나 너무 편해서 잠이 올 것 같아."

대겸이 시트에 몸을 기대며 말했다. 승찬과 해인도 차가 아니라 방 같다며 감탄했다.

식당에 도착하니 앞쪽에 줄을 서 있는 석진이 보였다. 석진 앞에 두 팀이 남았다. 오늘이가 석진 쪽으로 걸어가 어깨를 살짝 쳤다.

"뭐야? 린아 님은 안 왔어?"

석진이 오늘이 주위를 둘러보며 물었다. 우선 케이 팀만 내렸고 식당에 자리 잡으면 린아와 실장이 들어오기로 했다.

"차에."

석진이 다행이라며 안도의 숨을 내쉬었다. 오늘이는 석진에게 케이 팀을 소개했다. 석진은 오늘이가 거의 말한 적이 없는데도 오늘이를 통해 이야기를 많이 들었다며 알은체를 했다. 그러자 대겸도 마찬가지로 석진에게 오늘이의 절친이 아니냐며 만나서 반갑다고 인사했다. 석진과 대겸은 같은 과다.

5분 정도 지나자 석진이 들어갈 차례가 되었다. 석진과 함께 식당에 들어서니 카운터에 석진이 아버지가 계셨다.

"아, 진짜! 아들도 줄 서게 만드는 건 아빠밖에 없을 거다."

석진이 한마디를 했지만 석진이 아버지는 못 들은 체하며 오늘이에게 그동안 잘 지냈냐고 인사를 건넸다.

석진이 아버지는 2층 제일 구석으로 자리를 마련해 주었다.

잠시 후 모자를 푹 눌러 쓴 린아가 식당으로 들어왔다. 다행히 손님들이 대부분 50대 이상이어서 린아를 알아보지 못했다.

린아가 나타나자 석진은 바닥에 무릎이라도 꿇을 것처럼 주저앉으려고 했다. 오늘이는 가까스로 석진의 어깨를 부축해 일으켜 세웠다.

"리, 린아 님."

석진이 두 손을 모아 쥐었다. 석진은 매직펄의 올콘을 할 정도로 매직펄을 좋아한다. 그런데 지금은 린아로부터 5미터쯤 떨어져 다가가지 못했다. 평소처럼 주저리주저리 말을 하지 않고 돌이라도 된 듯 그대로 서서 꼼짝하지 않았다.

"반가워요."

린아가 석진을 향해 말했고 석진은 넋이 나간 사람처럼 멍하니 있을 뿐 아무 말도 못 했다. 오늘이는 석진에게 정신 차리라며 의자에 앉으라고 했다.

"나, 난 음식 가져올게."

석진이 오늘이 귀에 대고 작게 말했다.

다 같이 자리에 앉았다. 오늘이는 석진이 매직펄의 어마어마한 팬이라고 알려 줬다. 옆에서 실장이 사진이라도 찍어 주라고 했고 린아가 그러겠다고 했다. 오늘이는 석진을 바라보며 웃었다. 이따 석진에게 알려 주면 얼마나 좋아할까.

석진이 쟁반에 곰탕을 가져왔다. 석진에게 같이 앉아서 먹자고 하니 싫다고 거절했다.

"내가 감히 린아 님과 어떻게 같이 앉아 식사를 하겠어?"

석진은 생각보다 더 중증이었다.

오늘이는 린아와 멤버들에게 석진네 곰탕을 맛있게 먹는 법을 알려 줬다. 소금 간만 살짝 한 후 먹다가 나중에 양념장을 풀어 먹으면 좋다.

린아는 밥은 먹지 않고 국물만 떠서 먹었다.

"오, 진짜 진하고 맛있다!"

린아가 감탄했고 린아가 엄지손가락을 치켜든 걸 본 석진은 감격했다. 오늘이도 오랜만에 석진네 곰탕을 먹는다. 목구멍으로 따뜻한 기운이 넘어가자 곧 온몸이 훈훈해졌다.

식사를 마친 후 린아는 석진에게 포토 카드에 사인을 해 줬을 뿐 아니라 사진도 같이 찍어 주었다. 석진은 가보로 간직할 거라며 소중하게 사인을 받아들었다. 석진은 올 한 해 운은 이거로 다 썼다며, 더 이상 바랄 게 없다고 했다.

"근데 제일 좋아하는 건 '제나'라면서요?"

"네?"

석진이 오늘이를 째려봤다. 뭘 그런 말을 했느냐는 원망의 눈빛으로 말이다.

"저는 매직펄 님들을 다 좋아합니다!"

"그래요? 난 제나 포토카드 보내 드리려고 했는데."

"주세요, 제발."

석진이 무릎이라도 꿇을까 봐 오늘이는 석진의 팔을 단단히 붙잡았다. 석진은 오늘이 옆에 바짝 붙으며 말했다.

"오늘이 형. 앞으로 널 형이라고 부를게."

오늘이는 석진을 팔꿈치로 밀어내며 학교에서 보자고 했다.

"편하게 먹어야 하는데. 미안."

2층에서 내려오며 오늘이가 린아에게 말했다.

"아니. 오히려 알아보지 못하면 서운해."

린아는 솔직하게 대답했다. 사람들이 알아보는 것에 익숙해지고 당연해져서 그런지 아무도 못 알아보면 오히려 이상하다.

실장이 린아에게 숙소에 데려다준다고 했다.

"우리 노래방 갈까?"

대겸이 멤버들에게 물었다. 내일 일찍 연습이 있어서 다들 대답을 망설이고 있는데 대겸은 노래방에서 노는 게 아니라 노래 연습을 하는 거라며 우겼다.

"그러지 뭐."

식당 근처에 오늘이가 자주 가는 곳이 있다. 중학생 때부터 석진과 다녔는데 연습생이 된 이후로는 가지 못했다. 오늘이가 멤버들을 데리고 가려고 하는데 린아가 말을 걸었다.

"나도 가도 돼?"

오늘이와 멤버들은 대답 대신 서로를 바라봤다. 다른 사람도 아니고 린아가 함께 간다고? 같이 밥을 먹을 수는 있는데 노래 방까지 가도 되는 걸까? 누구도 대답을 하지 못하자 린아가 실장님에게 물었다.

"실장님, 우리도 같이 가요. 저 노래방 못 간 지 벌써 2년도 넘었어요."

린아가 졸랐고 실장도 그러자고 했다.

"오, 그럼 노래방비도 실장님이 쏘는 거죠?"

실장은 노래방뿐만 아니라 과자랑 음료수도 사 주겠다고 했다. 대겸과 해인은 실장 양팔에 팔짱을 낀 채 '실장님이 최고'라는 둥, '실장님이 케이 팀의 매니저가 되면 좋겠다'는 둥 아부를 늘어놓았다.

노래방 쪽으로 걸어가며 자연스레 오늘이 옆에 린아가 섰다.

"이번 특강, 너 때문에 한다고 했어."

"왜? 나한테 네가 매직펄이란 걸 보여 주려고?"

오늘이가 농담처럼 물었다.

"그래. 잘난 척 좀 하려고 했다."

린아도 피식 웃으며 농담으로 받았다.

　　　　오늘이 어제에게, 오늘이 내일에게

"그냥 너 보니까 연습생 때 생각나더라고. 그때는 데뷔만 하면 바랄 게 없었거든. 정말로 난 내가 원하는 모습이 됐어."

"좋겠다."

"그래야 하는데 그걸 잊는 것 같아. 잊지 않으려고 연습생들 만난 거야."

"그래서 소감은?"

"내가 뜨긴 떴구나."

린아가 일부러 고개를 더 치켜든 채 장난스레 말했다.

"아, 부럽다. 언젠가는 우리 케이 팀도 매직펄처럼 꼭 뜨고 말 거야."

"그래, 열심히 해 봐."

오늘이는 린아와 함께 길을 걷고 있는 게 꿈만 같았다. 연습생이 된 것도, 톱스타인 린아와 이렇게 아는 사이가 된 것도 모두 상상 속에서만 가능한 일이었다.

그런데 그런 일이 생겼다. 오늘이는 자신의 내일이 어떤 모습일지 기대가 되었다. 데뷔를 하고 콘서트를 하고 팬 미팅을 하는 일이 지금은 상상 속의 일이지만 언젠가 현실이 되어 그 위에 오늘이가 서 있을 거다.

노래방에 도착했다. 케이 팀은 첫 곡으로 매직펄의 '드리밍'을 골랐다. 커버 댄스를 추기 위해 한동안 열심히 연습한 곡이다.

린아 앞에서 부르려니 쑥스러웠지만 연습한 대로 군무를 맞춰 가며 노래를 불렀다. 중간쯤 넘어가자 린아가 앞으로 나와 함께 노래를 불렀다.

여섯 명은 돌아가며 쉬지 않고 노래를 불렀다. 마이크가 쉬는 틈이 단 1분도 없었다. 실장은 연습실에서 그렇게 연습을 하면서 또 노래 부르고 춤추고 싶으냐며 대단하다고 했다. 불러도 불러도, 춤춰도 춤춰도 마냥 좋다. 마냥 신난다. 오늘이뿐만 아니라 나머지 아이들의 마음도 똑같다.

회사 연습실이나 녹음실에서 부를 때는 긴장이 된다. 하지만 여기에서는 음정이 틀릴까 봐 박자를 못 맞출까 봐 걱정하지 않고 마음껏 부르고 싶은 대로 부를 수 있다.

드래곤 시티 아이돌의 노래뿐만 아니라 최신 유행하는 아이돌의 노래를 다 따라 불렀다. 더 이상 테스트를 받지 않는 린아도 다른 아이돌의 댄스를 웬만한 건 다 따라 할 줄 알았다.

아이들이 너무 신나게 노래를 부르는 모습에 실장은 슬며시 노래방 책을 내려놓았다. 아무래도 여기에는 실장이 낄 틈이 없어 보였다.

집에 도착한 오늘이는 석진과 한참 메시지를 주고받았다. 석진은 오늘이를 계속 형이라고 불렀다.

오늘이 어제에게, 오늘이 내일에게

앞으로도 계속 형님으로 모시거라. 오늘

석진 당연하지 오늘이 형 ㅋㅋㅋㅋ 혹시 린아 님이
또 우리집 곰탕 드시고 싶다고 하면 연락 줘.
내가 언제든 뛰쳐나가서 줄 설 테니.

석진과 대화하다 보면 끝이 없을 것 같아서 오늘이는 도중에
씻고 온다고 말했다.

목욕한 후 방으로 돌아와 보니 메시지가 여러 개 와 있었다.
당연히 석진이 보냈겠거니 싶었는데 린아다.

린아 집에 잘 들어감?

노래방에서 나올 때 린아가 자기 휴대폰을 오늘이에게 건네
며 번호를 알려 달라고 했다. 린아가 가고 난 후 대겸과 해인은
오늘이에게 도대체 린아와 무슨 일이 있었던 거냐며 잔뜩 흥분
해서 날뛰었다.

"뭐야, 뭐야? 왜 형한테만 물어봐? 둘이 뭐 있지?"

오늘이는 아무 사이도 아니라며 지난번 잠깐 연습실에서 마
주친 게 다라며 "워~워~!" 하고 동생들을 가라앉혔다.

린아 | 덕분에 잘 놀았어~

나도. 오늘

린아 | 나 라방할 건데.
심심하면 들어와서 봐~

린아가 링크를 보내 줬다. 클릭하니 아직 준비 중이다. 지난번 사이비 루머에 대응하면서 소속 연예인들의 SNS 활동이 허락되었다. 린아는 사진이나 글을 올리기보다 라이브 방송(라방)을 좋아했다. 팬들과 직접 소통하고 싶다며 종종 라방을 한다. 매직펄의 일상을 올리는 채널은 만들자마자 일주일 만에 구독자 수가 3백만 명이 넘었다.

아까 매직펄의 매니저인 실장이 노래방에서 노는 장면을 휴대폰으로 찍었는데, 나중에 영상을 편집해서 올려도 되느냐고 케이 팀에게 물었었다. 아이들은 당연히 된다고 허락했다.

잠시 후 라이브 방송이 시작되고 화면에 린아가 나타났다. 동시 접속자 수가 금세 5천 명이 훌쩍 넘었다.

"린아예요. 토요일 잘 보내셨어요? 내일도 쉬는 날이니까 오늘 좀 늦게까지 방송해도 되죠? 저는 오늘 소속사 후배들에게 특강을 했어요. 끝나고 친구들이랑 같이 노래방에 다녀왔어요.

데뷔하고 처음 갔는데 너무 재밌더라고요."

친구라는 말에 오늘이는 기분이 묘했다. 린아와 오늘이가 친구라고 할 수 있을까? 같이 밥을 먹고 노래방도 다녀왔고 휴대폰 번호까지 교환했다. 하지만 화면 속 린아는 아까 만난 린아와 다른 사람 같았다. 댓글 창을 보니 해외 팬도 무척 많았다. 접속자 수가 점점 늘어났고 그럴수록 오늘이는 린아와 멀어지는 기분이 들었다. 아까 같이 있을 때는 린아가 매직펄이란 것을 잊었다. 언젠가 오늘이도 데뷔하여 린아처럼 라방을 할 수 있는 날이 올까?

"와, 반드시 와."

오늘이는 혼잣말치고 제법 크게 이 말을 했다. 린아는 오늘이가 꿈꾸는 내일의 모습이다. 2주 후에 네 번째 월말 평가가 있다. 오늘이는 케이 팀 단체톡으로 들어가 내일 첫차를 타고 가겠다며, 일찍 오고 싶은 사람은 일찍 오라는 메시지를 남겼다. 다들 오늘이에게 지독하다면서도 그러겠다고 답을 했다.

○와 ×사이

    중간 평가 점수가 발표되는 날, 드래곤 시티에는 긴장감이 감돌았다. 지난 6개월간 매월 테스트가 있었다. 그 점수를 모두 더한 결과가 오늘 나온다. 점수가 높으면 하반기에도 연습생 생활을 할 수 있지만 그렇지 않으면 그만두어야 한다.

    발표를 앞두고 케이 팀은 연습실에 모였다. 연습을 해야 하지만 집중이 되지 않았다. 결과가 좋지 않으면 연습을 하는 건 무의미하니까.

    "우리 설마 탈락하는 거 아니겠지?"

    대겸이 안절부절못한 채 연습실을 왔다 갔다 했다.

    "매월 테스트마다 괜찮았잖아."

    오늘이는 걱정하지 말라며 대겸을 안심시켰다. 지금 결과를 걱정한다고 달라질 건 없다.

"참, 너희 이거 들어 봤어?"

오늘이는 일부러 멤버들에게 새로 나온 아이돌의 신곡을 들려주며 어떠냐고 물었다. 석진이 들어 보라고 해서 알게 된 노래다. 평소 남자 아이돌에는 조금도 관심 없는 석진이 하도 추천을 해서 들었는데 중독성이 있었다.

"응. 노래 좋더라."

승찬도 요즘 듣고 있다고 했다. 이제 갓 데뷔했는데 음원을 발표하자마자 차트에 진입했다. 신인에게 쉽지 않은 일인데 SNS에서 노래가 재밌다는 입소문이 도니 순위가 죽죽 올랐다.

"역시 곡이 좋아야 해."

한 곡에 다양한 장르가 섞여 있어 듣는 재미가 있었다. 펑키로 시작했다가 느려지는 웨이브로 가다가 힙합으로 이어진다. 한 편의 뮤지컬을 귀로 듣는 것만 같다. 다른 아이돌 음악에 별로 관심 없어 보이는 윤빈도 곡이 좋다고 평가했다.

"요즘 엄청 인기더라."

대겸이 은근슬쩍 오늘이 옆에 앉으며 끼어들었다.

아이돌이 보이는 음악을 한다고 하지만 본래는 가수다. 가수는 곡이 좋아야 한다. 음식점도 인플루언서들이 홍보를 하고 SNS용으로 사진 찍을 비주얼을 갖추었다 하더라도 음식 맛이 없으면 얼마 가지 못한다. 가장 중요한 건 본질이다.

"근데 얘네 봤어? 비주얼도 장난 아니던데."

대겸은 휴대폰으로 그룹의 사진을 찾아 보여 줬다. 사진을 한 장씩 넘길 때마다 다들 말이 없어졌다. 음악성에 비주얼까지 모든 걸 갖추었다.

오늘이도 휴대폰으로 새 그룹에 대한 정보를 더 찾아봤다. 은준의 소속사에서 나온 아이돌이다. 지난번 은준이 자기 회사에서 엄청 공들인 보이 그룹이 나올 거라는 말을 했는데 이들일까? 케이팝이 인기를 끌다 보니 아이돌 그룹이 더 많이 나오고 있다. 일주일에 한 팀씩 아이돌 그룹이 데뷔를 하는 듯하다. 멤버 정보를 찾아보고 있는데 메시지가 왔다. 린아다.

> **린아** 발표 났어?
>
> 아직. 오늘

린아에게 오늘 중간 심사 발표가 있다고 말했었다. 지난번 석진네 식당에 다녀온 이후 자주 메시지를 주고받고 있다. 하루를 어떻게 지냈는지도 알리고 재밌는 짤이 있으면 서로 보냈다. 이렇게 연락을 하다 보면 린아가 유명 아이돌이라는 걸 잊게 된다. 린아는 그냥 또래 친구 같다.

린아: 으, 엄청 떨리겠다. 너희 통과할 거야!

오늘: 그럴까?

린아: 그럼. 내 예감은
틀린 적이 없거든.

오늘: 매직펄 대단해.
린아 님, 존경합니다!!

린아: 갑자기 왜 이래?
뭐 사다 줘? ㅋㅋㅋㅋ

린아는 해외 투어를 갔다. 매직펄은 세계적으로 인기가 많아 한국에 있는 날이 절반이고, 해외에 있는 날이 절반이었다.

투어를 떠나기 전날, 린아는 광고를 찍고 영양제를 잔뜩 받았다며 연습실로 찾아와 오늘이에게 주고 갔다.

오늘: 진심이야.
너는 중간 심사도 통과하고
데뷔도 하고 인기 아이돌이니까.

린아: 그렇지. 내가 인기가 많긴 하지 ㅎㅎ

"누구야? 또 린아 누나?"

대겸이 오늘이의 휴대폰으로 얼굴을 쓱 들이밀었다.

"어."

"뭘 그렇게 연락을 자주 해? 정말 둘이 뭐 있는 거 아냐? 아무리 봐도 수상해."

대겸은 오늘이와 린아가 연락을 하는 것을 두고 자꾸 이상하다고 했다. 석진마저도 이러다가 린아와 오늘이가 사귀는 게 아니냐며 그렇게 되면 제나를 꼭 소개시켜 달라는, 그래서 커플 데이트를 하자는 말도 안 되는 소리를 해 댔다.

"아냐. 그게 말이 되냐?"

"하긴. 그럴 리가 없지. 린아 누나가 누군데."

대겸의 말을 듣고 오늘이는 다시 한번 현실을 자각했다.

"이러고 있을 때가 아니야. 연습만이 살길이다."

오늘이가 벌떡 일어나 손뼉을 치며 멤버들을 독려했다. 파이팅 넘치는 오늘이를 보고 멤버들은 웃으며 따라 일어났다.

"형은 참 지치지도 않는다."

해인은 오늘이에게 뭐 특별한 걸 먹느냐고 물었다.

"뭘 먹긴. 나는 내 꿈을 먹으며 자라지."

오늘이의 말에 곧바로 윤빈이 그런 오글거리는 멘트는 집어치우라고 소리쳤다.

이러나저러나 연습생의 시간은 가기 마련이다. 가만히 결과만 기다리고 있을 바에는 뭐라도 하는 게 낫다. 케이 팀은 음 선생님에게 새로 배운 동작을 추면서 서로 교정해 줬다. 한참 연습을 하고 있는데 문이 열렸다. 매니저 형이 결과가 나왔다며 5층으로 가면 된다고 했다. 아이들은 길게 심호흡을 했다.

5층에는 드래곤 시티 기획실이 있다. 연습생을 관리하는 박 실장이 연습생들에게 결과를 알려 주기로 했다. 에이 팀부터 들어가 결과를 듣기에 케이 팀은 가장 마지막 순서이다.

5층 복도에는 에이치 팀, 아이 팀, 제이 팀이 모여 있었다. 앞 팀들에게는 벌써 결과가 통보되었나 보다. 에이치 팀이 호명되었고 그들은 다 같이 모여서 박 실장이 있는 방으로 들어갔다.

"아, 미치겠다."

대겸은 긴장되어 땀이 나는지 손바닥을 연신 옷에 문질러 닦았다. 연습생 합격 발표가 날 때보다 훨씬 더 떨렸다. 데뷔하지 못하면 다시 원점이다.

"나 화장실 좀."

대겸과 해인이 화장실 쪽으로 걸어갔다.

방에 들어간 지 5분도 채 되지 않았는데 문이 열리며 에이치 팀이 나왔다. 그런데 표정이 좋지 않다. 다들 인상을 쓰고 있고 급기야 한 명은 울고 있다. 탈락 통보를 받은 거다. 대기하는 다른 팀들은 에이치 팀에게 어떤 위로도 해 줄 수가 없었다. 에이치 팀은 복도 끝 쪽에 있는 엘리베이터를 향해 가 버렸다.

곧이어 아이 팀이 들어갔다. 그들 역시 탈락 통보를 받았다. 다음은 제이 팀이 들어갔다. 안에서 환호하는 소리가 들렸다.

"쟤네는 남나 봐."

"아, 좋겠다."

잠시 후 나온 제이 팀의 얼굴에 기쁨이 그득했다. 오늘이는 제이 팀에게 축하한다는 인사를 건넸다.

"케이 팀 들어오세요."

다들 긴장한 상태라 오늘이가 먼저 문 쪽으로 걸어갔다. 문을 열자 다른 멤버들도 오늘이를 따라 뒤에 섰다.

둥근 탁자에 박 실장이 앉아 있었다. 박 실장은 빈자리를 가리키며 앉으라고 했다. 아이들은 의자를 빼내어 그곳에 앉았다.

"너희들이 마지막이구나."

박 실장 앞에 서류 뭉치가 놓여 있는데 거리가 있어서 뭐라고 적혀 있는지 볼 수 없었다.

"그동안 연습하느라 고생 많았다."

오늘이는 박 실장의 표정을 읽으려고 노력했다. 저렇게 말하는 의도는 뭘까? 앞으로도 계속 잘해 보라는 걸까? 아니면 이제는 수고할 필요가 없다는 건가?

얼른 결과를 알려 주면 좋겠는데 박 실장은 오디션 프로그램 진행자처럼 자꾸 시간을 끌었다.

"우리는 예고대로 다섯 팀을 뽑았단다. 에이 팀, 씨 팀, 디 팀, 이 팀, 제이 팀, 이렇게 말이다. 우리가 정한 점수를 넘은 팀들이다. 나머지는 방출하기로 결정했단다."

오늘이의 안에서 무언가 뚝 끊기는 기분이 들었다. 다섯 팀 중에 케이 팀은 없었다. 오늘이는 지난 4개월의 시간들을 떠올렸다. 하루도 게으르지 않았다. 연습실에 있는 시간만큼은 최선을 다했다. 멤버들도 마찬가지다. 오늘이는 멤버들을 바라봤다. 다들 허탈한 표정이다. 옆에 앉은 대겸이 울먹이고 있어 오늘이는 대겸의 손을 꽉 잡아 주었다.

"그럼 저희는 방출되나요?"

윤빈이 떨리는 목소리로 물었다.

"그래야 하는데."

박 실장의 말투가 미묘했다. 박 실장이 글자가 프린트 되어 있는 종이를 반대로 뒤집었다. 아무것도 적혀 있지 않은 깨끗한 빈 면이다. 박 실장은 거기에 볼펜으로 △를 크게 그렸다.

"너희들은 이 상태야."

멤버들은 이해가 가지 않아 서로를 바라보며 '뭔 말이래?' 하는 눈빛을 주고받았다. 지붕이라는 건가? 아니면 뾰족하다고?

아이들이 이해를 못 하자 박 실장이 풀어서 설명했다.

"아, 그러니까 동그라미를 주기에는 부족한데 엑스를 주기에는 아쉽다는 거지."

그제야 케이 팀 아이들은 이해했다는 듯 다 같이 "아아." 하고 대답했다.

"그럼 저희는 남는 건가요?"

오늘이가 물었다.

"그렇단다. 단 다음 달 월말 테스트 때 계속 갈지 방출할지 결정할 거다. 회사에서는 너희를 한 달만 더 지켜보기로 했어. 다음 월말 테스트에서 점수가 낮으면 바로 방출할 거야."

박 실장이 이야기를 마쳤고 케이 팀은 방에서 나왔다. 아이들은 얼떨떨한 표정들이다. 탈락은 안 했지만, 마냥 좋아할 수도 없는 상황이다.

"좀 웃어. 잘 된 거잖아. 안 그래?"

오늘이가 아이들의 어깨를 두드리며 말했다. 대겸이 "그렇지?"라며 대꾸했고 아이들 얼굴에 조금씩 온기가 돌기 시작했다. 오늘이는 두 손을 들어 엄지와 검지를 길게 편 후 양 끝을 맞닿게 해 세모를 만들었다.

"봐 봐. 세모는 동그라미에 더 가까운 모양이잖아."

오늘이는 세모를 동그라미 모양으로 바꿨다.

저녁 식사 시간이라 연습실로 가지 않고 2층 식당으로 내려왔다. 평소와 달리 식당 안에 사람이 적었다. 여기저기 빈자리가 많다. 방출 통보를 받은 아이들이 저녁을 먹지 않고 그대로 짐을 싸서 나갔기 때문이다.

"오, 오늘! 살아남았나 보네!"

"케이 팀도 남은 거야?"

에이 팀 멤버들이 오늘이에게 인사했다. 보통 팀별로 모여 연습을 하기에 다른 팀을 만날 시간이 많지는 않지만 오늘이는 식당이나 합동 수업 때 만난 다른 팀들과 잘 지냈다.

"간신히 살아남았어."

"왜 '간신히'야?"

"우리 세 모거든."

오늘이는 식탁으로 걸어오는 동안 자신에게 인사하는 아이들에게 일일이 유예 통보를 받았다고 알렸다. 그러는 바람에 오늘이는 케이 팀 중 가장 늦게 식탁에 앉았다.

"와, 불고기 맛있겠다."

오늘이는 얼른 젓가락을 들고 밥과 반찬을 먹기 시작했다. 발표를 앞두고 긴장이 되어 아침과 점심을 먹는 둥 마는 둥 했다. 점심 때 학교 급식으로 카레가 나왔는데 아무 맛도 느껴지지 않았다. 이제는 마음이 조금 편해져서 그런지 음식 맛이 다 났다.

"넌 여기 놀러 왔어?"

오늘이의 대각선 자리에 앉은 윤빈이 물었다. 오늘이는 자기에게 묻는 건 줄 몰라 신경 쓰지 않고 밥을 먹었다. 하지만 대겸과 승찬, 해인이 밥을 먹다가 갑자기 멈췄고 오늘이는 윤빈이 자기에게 물었다는 것을 깨달았다.

"응?"

오늘이가 윤빈을 바라봤다.

"오늘이 너 놀러 왔냐고."

"아니. 연습하러 왔는데."

"그래? 근데 왜 나는 네가 놀러 온 사람처럼 보일까?"

윤빈 말에는 날이 서 있었다. 지금 대꾸를 했다가는 싸움만 날 것 같아 오늘이는 그냥 아무 말도 하지 않고 밥을 먹었다. 하지만 윤빈은 수저를 그대로 식탁 위에 올려놓고 밥을 먹지 않았다.

"넌 지금 이 상황이 즐거워? 웃음이 나와? 우리 간신히 붙어 있는 거라고. 마음 편히 있을 때가 아니야."

"알아. 주의할게."

"진짜 너는."

윤빈은 뭐라고 더 말을 하려다가 그만두었다. 그러고는 식판을 들고 자리에서 일어났다. 갑자기 싸늘해진 분위기에 아이들이 밥을 먹지 않고 오늘이의 눈치만 살폈다.

"아, 윤빈 형은 무슨 말을 저렇게 하냐?"

대겸이 윤빈이 나간 쪽을 바라보며 한마디 했다. 승찬과 해인은 오늘이에게 괜찮냐고 물었다.

"윤빈이도 속상할 테니까. 나도 눈치 좀 챙겨야지."

오늘이는 일부러 더 너스레를 떨었다. 오늘이는 아무렇지 않은 척 밥을 먹었지만, 불고기에서도 김치에서도 된장국에서도 다시 아무 맛도 느껴지지 않았다.

저녁을 먹은 후 연습실로 내려왔는데 윤빈이 보이지 않았다. 아까 저녁도 거의 먹지 않았는데. 윤빈은 한 대 쥐어박고 싶을 만큼 얄미울 때가 있다. 조금 전도 그랬다. 하지만 그 마음은 잠시뿐이다. 오죽하면 윤빈이 그렇게 말했을까 싶다. 데뷔에 간절한 건 오늘이뿐만이 아니다. 오늘이는 가방에서 에너지바를 꺼냈다. 윤빈과 다시 한 팀이 되어 연습하려면 하루라도 빨리 푸는 게 좋다.

5층 휴게실로 올라가 보니 비바리움 앞에 윤빈이 서 있었다. 오늘이는 윤빈 쪽으로 걸어갔다.

윤빈은 전화를 하는 중이었다.

"들키지 않아요. 엄마, 아빠만 말씀 안 하시면 된다고요."

뭘 들키지 않는다는 거지? 일부러 들으려고 한 건 아니지만 윤빈 바로 뒤에 있어서 오늘이는 통화 내용을 듣고 말았다.

"연습 끝나고 갈게요."

통화를 끝낸 윤빈이 몸을 돌렸고 오늘이와 마주쳤다.

"뭐야, 너?"

"아니. 난 너 저녁도 안 먹고 가 버려서."

오늘이는 에너지바를 건넸다. 그런데 윤빈은 힐끔 한 번 쳐다본 후 아무 대꾸도 하지 않고 먼저 엘리베이터 쪽으로 갔다. 괜히 오늘이 손만 부끄럽게 됐다. 먹기 싫으면 말라지. 오늘이는 에너지바를 주머니에 넣었다.

윤빈과 같이 엘리베이터를 타려고 빠르게 걸어갔지만 엘리베이터 문이 닫히는 게 보였다. 그대로 멈춰 선 오늘이는 길게 한숨을 내쉬었다.

혹시 오늘이가 미리족이 아닌 게 문제가 된 걸까? 다른 멤버들처럼 오늘이도 타고난 능력을 가졌다면 다른 결과가 나왔을 수도 있다.

오늘이는 다른 멤버들에게 미안했다. 자신에게 화를 낸 윤빈을 굳이 찾은 것도 그 미안함을 숨기기 위해서였는지도 모른다. 오늘이는 엘리베이터를 타는 대신 계단을 통해 지하 연습실로 내려왔다.

보컬 담당인 장 선생님이 들어왔다. 장 선생님은 살아남은 걸 축하한다는 인사를 건넸다. 아이들이 "네." 하고 짧게 대답했다.

"기운 좀 내라. 물론 세모 받은 팀 중에서 데뷔한 애들은 아직 없었지만 그래도 하는 데까지는 해 봐야지."

장 선생님의 말에 아이들은 더 기가 죽었다. 보류 팀 중에서 데뷔한 이들이 하나도 없을 줄이야. 장 선생님이 새로운 악보를 나눠 줬다. 아이돌 노래는 이제까지 많이 연습했으니 지금부터는 남자 가수의 솔로곡을 연습해 보자고 했다.

"윤빈이부터 해 볼래?"

윤빈이 노래를 시작했다. 반주가 없었음에도 불구하고 윤빈은 음정을 조금도 틀리지 않았다. 오늘이는 아까 일로 껄끄러운 기분으로 노래를 듣기 시작했지만 이내 마음이 풀리고 말았다. 하여튼 저 녀석 목소리는 모든 걸 용서하게 만든다.

장 선생님은 신경 써서 부를 부분을 알려 주며 집에서도 각자 휴대폰으로 녹음해서 들어 보라고 했다.

"승찬이 많이 좋아졌다. 래퍼 말고 보컬 해야겠어."

오늘따라 장 선생님은 더 칭찬을 많이 해 줬다. 원래 칭찬을 많이 하는 스타일이긴 하지만 일부러 더 그러는 것 같았다. 하지만 수업 분위기는 계속 가라앉은 상태다.

"여기까지 하자. 고생 많았어."

장 선생님이 나간 후 아이들도 가방을 챙겼다. 평소라면 수업을 마치고 자율 연습을 했겠지만 오늘은 의욕이 생기지 않았다.

"노래방 갈래?"

오늘이가 아이들에게 물었다. 이대로 집에 가면 좌절감에 휩싸이기만 할 거 같았다. 대겸과 해인이 좋다고 대답했다. 승찬도 그러자고 했다.

"윤빈아, 같이 가자."

오늘이가 윤빈을 바라보며 물었다.

"지금 우리가 노래방 가서 놀 상황이야?"

윤빈이 버럭 화를 냈다. 오늘이가 기분 전환이나 하자고 말하려는데 대겸이 끼어들었다.

"윤빈 형, 그만 좀 해. 우리도 지금 기분 별로라고. 형만 보류 받았어? 우리 다 같이 보류 받은 거잖아. 그러면 어떡하라고? 계속 죽상으로 있어?"

"정신 차려야 할 거 아니야. 지금처럼 하면 우리 절대 데뷔 못한다고."

"누가 정신 안 차린대? 형만 열심히 하는 거 같아? 뭐 우린 노는 걸로 보이냐?"

대겸이 윤빈을 향해 달려들려고 해서 오늘이가 잡았다.

"너 왜 그래?"

"좀 놔 봐. 맨날 자기만 잘났다고 저러잖아."

"내가 뭘?"

승찬이 윤빈을 막아 세웠다. 대겸과 윤빈은 계속 말로 주고받으며 화를 냈다. 오늘이와 승찬이 둘을 놓는다고 해서 둘이 주먹질을 할 것 같지도 않았다. 그래서 오늘이는 잡고 있던 대겸이 팔을 스르르 놨다.

"좀 놔 봐."

"놨어."

대겸은 오늘이가 자기를 잡지 않고 있다는 걸 깨닫고는 "아, 진짜 내가 싸울 수도 없고." 하며 씩씩댔다.

"왜 못 싸워? 싸워 보자, 한번."

승찬이 윤빈이 형까지 왜 그러냐며 말렸다. 그렇다고 승찬이 적극적으로 윤빈을 말리지는 않았지만 윤빈도 딱히 몸을 움직이지 않았다.

"왜? 내가 못 싸울 거 같아? 어?"

윤빈과 대겸은 말로만 싸웠다. 다투는 윤빈과 대겸보다 지켜보는 나머지 사람들이 더 민망했다. 오늘이는 이걸 어떻게 해야 하나 싶었다. 더 말릴 수도 없고 싸우라고 부추길 수도 없는 노릇이다. 어찌해야 하나 싶은데 문이 열렸다.

"너희 뭐 하냐? 설마 싸워? 여기서?"

문 앞에 연석이 서 있다. 오늘이는 이 상황에 등장해 준 연석이 차라리 반가웠다.

연석이 아이들 앞으로 다가왔다.

"여기가 학교야?"

아이들은 다 같이 "아뇨." 하고 대답했다.

"그래. 여긴 학교도 아니고, 나는 너희 담임도 아니야."

연석은 한숨을 길게 내쉬었다. 하고 싶은 말은 많았지만 꾹꾹 참았다. 케이 팀이 유예 통보를 받을 줄 예상하지 못했다. 케이 팀의 평가 점수는 낮지 않았으니까. 하지만 다른 팀들이 월등하게 점수가 높았다. 아무래도 늦게 합류하여 월말 평가를 두 번이나 덜 치른 게 타격이 컸다.

연석은 케이 팀이 세모를 받아 일단 잔류하게 되었다는 소식을 미리 알았다. 그리고 케이 팀이 잔류하게 된 게 주신아 덕분이라는 이야기도 전해 들었다.

물론 주신아가 케이 팀을 보류 팀으로 만든 건 케이 팀 영상의 조회 수 때문이다. 린아와 함께 노래방에 간 케이 팀의 영상 조회 수가 천만을 넘었다.

노래방 연습생들이 누구냐며 궁금하다고 언제 데뷔하느냐는 댓글이 줄줄이 이어졌다. 랩 경연 대회에서 우승한 승찬과 천재 아역 배우 해인이 드래곤 시티의 연습생이라는 게 알려지며 크게 화제가 되었다.

주신아는 그걸 놓칠 사람이 아니다.

"이제부터는 평가 항목에 팬들의 반응도 들어간다. 중간 평가를 통과한 여섯 팀의 동영상을 매주 한 개씩 올릴 거야. 영상 조회 수와 댓글도 점수에 반영돼. 최종 데뷔 팀 선발에는 팬들이 직접 투표할 거야."

주신아는 '내 최애 동생은 내가 직접 뽑는다'는 슬로건을 내세우며 드래곤 시티 아이돌 팬클럽 회원들의 투표를 반영하겠다고 공표했다. 덕분에 요즘 드래곤 시티의 채널이 아주 인기가 좋다. 연석은 새로 도입된 제도가 케이 팀에게 분명 긍정적인 영향을 줄 거라 기대하고 있다. 케이 팀은 이번 중간 평가 때 그 덕을 톡톡히 봤으니까.

"중간 평가보다 중요한 건 최종 결과야. 세모건 뭐건 데뷔하는 마지막 한 팀이 우리이기만 하면 돼."

연석은 아이들을 격려했다. 지금 필요한 건 채찍보다는 당근이리라.

"가자, 끝까지 가 보자!"

연석이 큰 소리로 외쳐 보았지만 케이 팀의 반응은 뜨뜻미지근했다.

연습이 끝나고 집으로 돌아온 오늘이는 몸에 힘이 하나도 없었다. 손가락 하나도 까딱할 기운이 없다는 것이 무슨 말인지 매일 밤 느끼고 있다.

중간 평가에서 세모를 받은 이후로 케이 팀 분위기가 말이 아니다. 게다가 케이 팀의 첫 공식 영상이 올라갔는데 댓글 반응이 그저 그랬다.

한참 동안 침대에서 꼼짝도 하지 않던 오늘이는 간신히 모로 누워 휴대폰 화면을 터치했다.

오늘이는 이번 영상과 지난번 린아와 노래방에 갔던 영상을 비교하며 봤다. 공식 영상 속 멤버들이 훨씬 노래도 잘 부르고 아이돌처럼 멋도 있다. 반면에 노래방 영상은 음정도 제멋대로고 장난을 많이 쳐서 실력이 좋다는 느낌은 별로 없다.

오늘이는 노래방 영상에 달린 댓글을 하나씩 살폈다.

> ⇨ 쟤네 왜 이렇게 케미가 좋음? 노래방 말고 무대 서는 거
>
>   보고 싶은데?
>
> ⇨ 노래방 말고 제대로 된 영상을 달라!
>
> ⇨ 웹툰에 나오는 캐릭터들 같음. 잘생겼는데 뭔가 모자란 ㅋㅋㅋ

회사는 왜 동영상을 공개하기로 한 걸까?

오늘이는 그 이유를 곰곰이 생각해 봤다. 중간 평가에 통과한 이상 이제는 잘하는 것만으로는 부족하다.

실력이 좋은 팀들만 남은 상태라 이제 노래나 춤 실력은 다들 엇비슷하다. 처음부터 개인이 아닌 팀으로 선발한 건 팀워크를 중요하게 여기기 때문이다. 회사가 바라는 것과 팬들이 바라는 건 다르지 않다. 오늘이는 침대에서 벌떡 일어났다.

답을 찾은 것 같았다.

3

비커밍 아이돌

우리가 되려면

케이 팀은 요즘 하루 종일 연습실에서 지내는 중이다. 여름 방학을 했기 때문이다. 학기 중에는 방과 후에 만났지만 학교를 가지 않는 방학에는 주말처럼 오전부터 연습을 시작했다.

녹음실에서 나온 케이 팀은 자신들이 부른 노래를 들었다. 보정이 들어가니 색다른 느낌이었다. 어색하지만 잡음이 사라져 더 매력적으로 들렸다. 중간 평가 이후 보컬 연습은 녹음실에서 진행하고 있다. 데뷔를 하면 음원을 만들어야 하기에 음원으로 출시될 때 어떤 느낌이 나는지를 알아보기 위해서다.

보컬 연습이 끝난 후 지하 연습실로 내려왔다. 휴대폰을 꺼내니 린아에게 메시지가 여러 개 와 있었다.

린아　나 한국 도착했어.

오늘 연습 몇 시에 끝나?

지난번에 갔던 네 친구네 집 곰탕 먹고 싶다.
거기 몇 시까지 해?

나 계속 거의 못 먹었어ㅠㅠ

한 달간의 해외 투어를 끝내고 매직펄은 한국으로 돌아왔다. 석진네 가게는 아홉 시까지 한다. 아직 여덟 시라 가면 먹을 수 있다. 오늘이는 린아에게 지금 가면 된다고 알려 줬다.

린아　나 혼자 가기는 좀 그래.

실장님한테 같이　오늘
가 달라고 하면 안 돼?

린아　퇴근하셨어.

멤버들은?　오늘

린아　걔네는 곰탕 안 좋아해 ㅠㅠ

오늘이는 린아가 해외에서 지내는 동안 거의 먹지 못했다는 게 마음에 걸렸다.

좀 늦게 먹어도 돼? 오늘

거기 포장되거든. 내가 갖다 줄게.

린아 진짜? 고마워!!

오늘이는 석진에게 전화를 걸었다. 아홉 시 넘어서 포장을 찾으러 가겠다고 하니 귀찮아하다가 린아가 먹을 거라고 알리니 24시간 영업할 수도 있다며 걱정하지 말라고 했다.

아홉 시가 조금 안 되어 연습이 끝났다. 대겸이 배가 고프다며 야식을 먹으러 가자고 했다. 해인은 살쪄서 싫다고 했다.

"그러니까 지금 먹자는 거야. 데뷔하면 체중 관리를 해야 해서 야식은 꿈도 못 꾸잖아. 먹을 수 있을 때 먹자."

대겸은 말이 안 되는 것 같으면서도 말이 되는 논리를 펼쳤다. 여기에 넘어간 해인과 승찬이 그러겠다고 대답했다.

"오늘이 형은?"

오늘이는 일이 있다며 거절했다.

"무슨 일인데?"

"아, 그냥. 집에서 좀 일찍 오래."

오늘이는 자기도 모르게 거짓말을 했다. 린아를 만나러 간다고 하면 또 수상하다며 뭐라고 할 게 분명하다. 괜한 오해는 사고 싶지 않다.

우리가 되려면

대겸은 윤빈에게 묻지 않았다. 지난번 다툰 이후 둘은 데면데면 지내고 있다. 벌써 한 달째다. 서로가 싫어서 다툰 게 아니다. 중간 평가에서 보류를 받은 충격이 너무 컸고, 극심한 스트레스가 서로에게 튄 것뿐이다. 둘은 연습을 할 때만 함께하고 식사 시간이나 쉬는 시간에는 서로 말 한마디 안 한다. 윤빈과 대겸은 같은 식탁에서 밥을 먹지 않으려고 해서 대겸은 해인, 승찬과 먹고 오늘이가 윤빈과 같이 먹고 있다. 중간에 있는 오늘이와 해인, 승찬만 불편해 죽겠다. 승찬은 우리가 꼭 엄마, 아빠가 싸워서 눈치 보는 자녀들 같다고 표현했다.

　'어휴, 다 같이 바깥에서 야식이라도 먹으며 풀면 좋으련만.'

　오늘이가 같이 가면 윤빈에게 가자는 말을 할 텐데 지금은 그럴 상황이 안 되었다. 하는 수 없다.

　"너희 넷이 먹어."

　오늘이는 일부러 '넷'이라고 콕 집어 이야기한 후 먼저 연습실에서 나왔다. 버스 정류장에 서 있는데 윤빈이 걸어오는 게 보였다. 역시 윤빈은 같이 가지 않았나 보다.

　"넌 왜 야식 먹으러 안 갔어?"

　"그냥 피곤해서."

　단둘이 계속 밥을 먹다 보니 오늘이는 이제 윤빈이 덜 어색했다. 물론 회사 식당에서 밥을 먹을 때 윤빈은 거의 말이 없다.

오늘이 혼자 원맨쇼 하듯 떠들 뿐이다. 윤빈이 좀 조용히 하라는 듯 쏘아보면 그제야 오늘이는 밥 먹는 데만 집중했다.

"난 그룹에 잘 안 맞는 거 같아. 리더는 더 안 맞고."

윤빈이 읊조리듯 말했다.

"그럼 맞춰 가."

오늘이는 가볍게 대답했고 그 말을 들은 윤빈이 참 쉽게도 말한다고 대꾸했다.

"어렵게 말하는 것보다 낫잖아."

"뭐 그렇긴 하네."

오늘이의 삶의 지론 중 하나가 '복잡하고 어려운 일은 최대한 단순하게 접근하기'다. 꼬여 있는 매듭은 하나씩 풀다 보면 언젠가 풀리게 마련이다. 삶도 꼬인 매듭과 비슷하다.

버스를 기다리고 있는데 윤빈이 물었다.

"저기, 지난번에 네가 말한 거 말이야."

"무슨 말?"

"내가 만든 곡 좋다는 거, 그거 진심이야?"

"그럼. 내가 왜 너한테 진심이 아닌 말을 하겠어?"

"너야 항상 좋게 말하니까."

"내가? 아닌데. 나 빈말은 안 해. 나중에 나 솔로 데뷔하게 되면 너한테 꼭 곡 받고 싶어. 같은 팀이니까 나 줄 거지?"

"봐서."

오늘이가 윤빈의 목에 팔을 둘러 조르는 시늉을 했고 윤빈이 아프다고 소리쳤다.

오늘이가 타려는 버스가 먼저 도착했다.

"지금이라도 애들이랑 같이 먹으러 가. 늦을수록 더 풀기 어렵다고."

오늘이는 이 말을 남기고 버스에 올랐다.

석진의 가게로 왔다. 영업시간이 끝났는지 문이 닫혀 있다. 석진에게 연락하니 뒷문으로 나왔다. 석진은 일반 포장 용기가 아닌 스테인리스 통에 곰탕을 담아 뒀다.

"가게에 이런 것도 있어?"

"당연히 없지. 이건 우리 집 거야. 통은 다시 가져와야 해."

오늘이는 석진에게 고맙다고 말한 후 곰탕을 가지고 나왔다. 버스로 갈까 하다가 곰탕을 들고 타기도 그렇고, 린아가 기다릴 거 같아 무리해서 택시를 탔다. 이번 달 용돈은 다 썼다.

숙소 앞에 도착한 오늘이는 린아에게 메시지를 보냈다. 잠시 후 모자를 푹 눌러쓴 린아가 나왔다. 화장을 지운 린아는 다른 사람 같았다. 촬영장과 회사에서 만났을 때 린아는 방송용 메이크업을 하고 있었다.

화장하지 않은 린아가 훨씬 예뻤다. 오늘이가 멍하니 린아를 바라보고 있으니 린아가 머쓱한 듯 두 손으로 제 뺨을 어루만졌다.

"숙소 오면 답답해서 바로 지워."

"화장 지운 거 팬들이 보면 큰일 나겠다."

"뭐?"

"네 팬 두 배는 더 늘 것 같아. 더 예뻐 보이려고 화장하는 거 아닌가? 넌 반대잖아."

"뭐래?"

린아는 한쪽 입꼬리를 올린 채 미소를 지었다.

"참. 이거."

오늘이는 곰탕이 담긴 통을 린아에게 건넸다.

"숙소에서 먹기 좀 그런데."

"왜?"

"아, 그게. 멤버들이 냄새나는 거 싫어하거든."

"그럼 어쩌지?"

"밖에서 먹자. 숟가락 들어 있지?"

"응."

린아는 숙소 뒤로 조금 걷다 보면 한강 둔치가 나온다며 거기로 가자고 했다. 오늘이는 봉지를 든 채 린아와 함께 걸었다.

우리가 되려면

"공연 잘했어?"

"응. 아시아 팬들은 너무 귀여워. 비행기 타고 갈 때는 너무 힘든데 공연장에 서면 오길 너무 잘했다 싶어. 조명 아래서 팬들의 함성을 듣고 있으면 이대로 시간이 멈춰도 좋을 것 같다는 생각까지 든다니까."

오늘이도 영상으로 매직펄의 무대를 봤다. 린아는 무대 위에 오르면 180도 달라진다. 어마어마한 에너지를 내뿜는 모습을 보는 것만으로도 에너지 충전이 되는 것 같다.

"좋겠다. 해외 공연이라니."

"너도 곧 할 거잖아."

"그런가?"

"당연하지. 믿어. 무조건 믿어. 그래야 가능하더라."

케이 팀 멤버들은 오늘이가 긍정적이라고 하지만 오늘이가 보기에 린아가 훨씬 더 그랬다. 오늘이는 멤버들 앞에서는 한없이 자신만만한 척하지만 가끔 데뷔를 하지 못할까 봐 불안해할 때가 있다. 그럴 때마다 린아는 반드시 데뷔할 수 있다고, 그날은 꼭 온다고 말해 준다. 다른 사람도 아닌 매직펄의 린아가 그렇게 말해 주니 왠지 정말로 그렇게 될 것만 같다.

늦은 시간이라 한강에는 사람이 거의 없었다. 둘은 빈 벤치를 찾아 앉았다.

스테인리스 통에 담긴 곰탕은 아직 따뜻했다. 린아는 후후 불어 가며 곰탕 국물을 떠먹었다.

"아, 맛있다."

"그동안 거의 못 먹은 거야?"

"과일 조금 먹고. 아! 죽도 먹었다."

"그렇게 먹어서 힘을 어떻게 써? 아휴. 공연 한 번 하고 나면 기운 죽죽 빠질 텐데."

린아는 지난번 만났을 때보다 더 말라 보였다.

"너 우리 엄마, 아빠 같아."

린아가 '푸흡' 하고 웃음을 터트렸다.

곰탕 한 통이 남았다. 석진이 오늘이도 먹으라며 두 통을 싸 줬기 때문이다.

"남은 한 통은 가져가서 내일 먹어."

"그럴게."

"아, 그런데 숙소에서 못 먹는다고 하지 않았어? 멤버들이 싫어한다고 했잖아."

"아냐. 이 정도는 괜찮아. 내일 꼭 먹을게."

린아는 바로 숙소에 들어가면 소화가 되지 않을 것 같다며 한강을 조금 걷겠다고 했다. 이 늦은 밤에 린아 혼자 걷게 할 수는 없다. 오늘이도 같이 걷겠다고 했다.

우리가 되려면

"참, 근데 부대표님이랑 주신아 대표님은 왜 사이가 안 좋은 거야? 같이 연습생 했다던데."

오늘이는 궁금했던 걸 린아에게 물었다.

"아, 연습생 때 둘이 사귀다 헤어졌대."

"진짜?"

그런 사연이 있었는지 전혀 몰랐다. 연습생끼리 사귀는 경우가 많긴 했다. 비밀리에 사귄다고 하지만 알음알음 소문이 다 났다. 지금도 에이 팀 멤버와 디 팀의 멤버가 연애 중이었다.

"참, 너 여친 있어?"

한강을 걸으며 뜬금없이 린아가 물었다.

"아니. 없는데. 왜?"

"왜긴. 데뷔하려면 조심해야지. 아이돌한테 스캔들이 얼마나 무서운데."

반대편에서 사람들이 걸어왔다. 오늘이는 그들이 린아를 알아보면 어쩌나 싶어 긴장이 되었다. 일부러 오늘이는 린아의 앞쪽으로 서서 린아를 가렸다. 밤이라 어둡고 린아가 모자를 쓰고 있어서 알아보지 못했다.

"그렇게 경계하면 사람들이 더 이상하게 생각해."

오늘이의 행동이 우습다며 린아가 웃었다.

"너 불편할까 봐 그러지."

"어이구, 고맙습니다."

린아가 자기를 막고 있는 오늘이의 등을 살짝 밀었다. 비켜 달라는 뜻이다. 오늘이는 린아 앞에서 옆으로 자리를 옮겼다.

"그럼 넌 데뷔하고 남친 사귄 적 없어?"

"응."

"스캔들 때문에?"

"아니. 마음에 드는 남자가 없었거든."

"눈이 높구나."

"당연하지. 나 린아라고."

"네, 네. 알죠. 린아 님은 톱스타시죠."

린아가 팔꿈치로 오늘이의 팔을 세게 쳤다. 오늘이가 아프다고 하니 린아는 혀를 쏙 내밀었다.

걷다 보니 한 시간이 훌쩍 지나 있었다. 조금만 걸을 생각이었지만 숙소에서 30분을 걸었더니 다시 돌아오는데 30분이 또 필요했다.

"매직펄은 사이 좋지?"

"그렇지."

매직펄은 멤버들 사이가 좋기로 유명하다. 팬들이 직캠으로 찍은 영상 중에 서로 챙겨 주는 모습이 많고, 예능에 출연했을 때 '찐 자매' 케미를 보여 줘 '자매돌'이라는 별명까지 생겼다.

"우리도 처음부터 사이좋았던 건 아니야. 팀별로 연습생 꾸리는 거 우리가 첫 번째였거든. 미우나 고우나 한배를 탄 거잖아. 데뷔를 위해서 어쩔 수 없이 하나가 됐는데 이제는 우리 팀이 참 좋아. 멤버들이 가족 같다고나 할까?"

"그 정도로 가까워?"

"아니. 가족은 내가 선택한 게 아니잖아."

오늘이는 지금 케이 팀이 어떤 상황인지 린아에게 말했다. 오늘이의 가장 큰 고민은 어떻게 하면 팀워크를 다시 살릴 수 있을까다.

"너도 참 골치 아프겠다."

"간신히 세모 받아서 여기까지 왔는데 이대로라면 점수 잘 받을 수 있을까 싶어."

"안 되면 되게 만들어야지. '우리'가 되게 만들어."

"어떻게?"

"그건 말이지."

린아는 매직펄이 가까워졌던 결정적인 사건을 들려주었다. 린아의 얘기는 제법 설득력이 있었다.

어느덧 린아의 숙소 앞까지 왔다.

"오늘 한국 와서 피곤할 텐데 얼른 가서 쉬어."

"아, 참. 너 줄 거 있는데."

린아가 주머니에서 뭔가를 꺼냈다.

"그게 뭐야?"

"팔 좀 줘 봐."

오늘이는 린아가 시키는 대로 오른쪽 팔을 내밀었다. 린아는 오늘이 팔에 가죽끈으로 된 팔찌를 걸어 줬다.

"행운의 팔찌야. 데뷔하기 전에 가족끼리 태국에 여행 간 적이 있거든. 이 팔찌를 하면 소원을 이룰 수 있다는 거야. 팔찌 팔려고 하는 말인 줄 알았는데 이 팔찌를 하고 나서 오디션 붙었어. 이번에 가 보니까 아직 그 가게가 있더라고. 그래서 사 왔어."

린아의 팔에도 같은 팔찌가 있었다.

"오오, 매직펄을 만든 팔찌라니. 고마워! 나도 이 팔찌 끼고 꼭 데뷔할게."

오늘이는 들고 있던 곰탕 봉투를 린아에게 건넸다. 린아가 손을 흔들어 오늘이에게 잘 가라고 인사했고 오늘이는 린아가 들어가는 것을 본 후에 돌아섰다.

점심을 먹고 다음 춤 수업까지 시간이 조금 남아 있었다. 먼저 식사를 끝낸 오늘이는 연습실에서 대겸을 기다렸다. 대겸이 혼자 연습실로 들어왔다. 해인과 승찬에게는 미리 대겸과 단둘이 할 말이 있다며 늦게 들어와 달라고 부탁했다.

우리가 되려면

"형, 이번에도 반찬 너무 잘 먹었어. 어머님한테 고맙다고 꼭 말씀드려 줘."

대겸이 오늘이 옆에 앉으며 말했다. 오늘이는 그러겠다고 대답했다. 지난번에 가족끼리 식사를 하면서 같은 팀 멤버가 혼자 산다고 말했더니, 엄마가 밑반찬을 좀 챙겨 줘야겠다고 했다. 그러고는 다음에 밑반찬을 만들 때 대겸이 몫까지 같이 만들었다. 오늘이는 회사까지 들고 가기 귀찮고 대겸도 별로 좋아하지 않을 거 같아 싫다고 했지만, 엄마는 무조건 들고 가라고 했다. 의외로 대겸은 안 그래도 반찬이 없어서 즉석밥이랑 라면만 먹었다며 반겼다. 오늘이의 오지랖은 엄마에게 물려받았다.

"근데 형 표정이 왜 그래? 밥 먹으면서 윤빈 형이랑 뭔 일 있었어?"

"아니. 그게 아니라."

"그럼 뭔데?"

오늘이는 곧바로 입을 열지 않고 말할까 말까 고민하는 듯 뜸을 들였다. 그럴수록 대겸은 무슨 일이냐고 계속 물었다.

"다른 팀들이 말하는 것 때문에."

대겸은 그게 뭐냐고 물었다.

"우리 팀 사이 안 좋은 거 다 소문났나 봐. 우리 곧 떨어질 거라고 하네."

"진짜? 어떤 팀이 그렇게 말해?"

대겸이 화가 나 어쩔 줄 몰라 했다. 오늘이는 바로 대답을 하지 않고 한 박자 쉬고 말했다.

"다."

대겸은 아무 대꾸도 하지 않았다.

"윤빈이가 만든 멜로디가 매직펄 신곡에 들어가는 것 가지고도 말이 많더라고."

"아니, 그건 또 왜?"

"별로라고."

대겸이 인상을 팍 썼다.

"아니, 윤빈 형이 만든 멜로디가 얼마나 좋은데 누가 그딴 소리를 해?"

"준수가."

"뭐야? 걔 윤빈 형 질투해서 그러는 거 아냐? 자기 건 안 됐는데, 윤빈 형 것만 채택돼서 그런 거잖아."

대겸이 기가 막힌다며 계속 씩씩댔다.

오늘이는 원래 남의 말을 전하는 걸 좋아하지 않는다. 건너들은 이야기 중에 좋은 것보다 나쁜 게 많으니까. 하지만 이번한 번만 이 방법을 쓰기로 했고, 다른 팀 아이들이 하는 이야기 중에 몇 개를 대겸에게 전했다.

우리가 되려면

린아는 '우리'가 되려면 우리가 아닌 존재가 있어야 한다며 이 방법을 알려 줬다. 매직펄도 연습생일 때 사이가 나쁜 두 멤버가 있었는데, 옆 팀에서 매직펄 멤버 험담을 하고 다니는 걸 알고 매직펄이 단합이 되었다고 했다. 나는 미워해도 되지만 다른 사람이 미워하게는 둘 수 없다. 미워해도 같은 팀인 내가 미워할 거다. 왜? 우리니까.

아까 점심을 먹으며 오늘이는 윤빈에게도 비슷한 이야기를 전했다.

"참, 내가 매니저 형한테 들었는데 테스트 항목에 팀워크 점수가 비중이 크대."

오늘이는 마지막으로 넌지시 그 말을 대겸에게 전했다.

린아가 알려 준 '우리 만들기' 전법은 생각보다 금방 효과가 나타났다. 당장 저녁부터 대겸과 윤빈이 같은 식탁에서 밥을 먹었다. 대겸은 다른 팀 보란 듯이 식당에서 더 크게 이야기하고 우렁찬 소리로 웃었다. 대겸이야 그럴 거라 예상했지만 윤빈까지 덩달아 그랬다. 연습 시간에는 선생님들 앞에서 서로 말을 걸었고, 심지어 선생님들이 없는 자율 시간에도 남은 테스트에 관한 이야기를 주고받았다.

화장실 앞에서 오늘이는 승찬, 해인과 마주쳤다.

"형, 도대체 어떻게 한 거야?"

해인이 신기하다며 물었다. 오늘이는 이렇게 쉽게 해결될 줄 몰랐다고 대답했다. 어쩌면 대겸과 윤빈은 서로 화해할 기회만 노리고 있었을지도 모른다. 풀고 싶었지만 그럴 계기가 없어서 이제까지 어색한 채로 지냈을 거다.

"우리도 가자. 연습하러."

오늘이는 승찬과 해인의 어깨에 양팔을 걸친 후 연습실 쪽으로 둘을 이끌었다.

케이 팀 정비 완료다. 이제는 앞으로 나아갈 일만 남았다.

스캔들

학교 수업이 끝나자마자 오늘이는 곧바로 회사로 왔다. 다음 달에 마지막 두 팀이 선발된다. 그때까지 1분 1초도 시간을 허투루 쓸 수 없다. 케이 팀 모두 밤늦게까지 연습을 하다가 막차를 타고 집으로 간다. 정규 수업이 끝나면 곧바로 집에 가던 윤빈도 이제는 마지막까지 남는다.

1층 문을 열고 들어섰는데 평소와 달리 경호 팀 직원들이 로비에 여럿 서 있었다. 회사에 또 무슨 일이 생긴 걸까? 어수선한 분위기라 오늘이는 곧바로 지하 연습실로 가지 않았다. 안내 데스크에 있는 직원에게 물어볼까 하는데 현관문이 열리며 여러 명이 한꺼번에 들어왔다. 주신아 대표와 부연석 부대표가 관리 팀 직원들과 같이 있었다. 주신아 대표의 표정이 유달리

안 좋아 보였다. 직원 중 한 명이 안내 데스크로 와서 오늘 찾아
온 기자가 없었느냐고 물었다. 관리 팀 직원이 오늘이에게 가라
는 듯 눈치를 줬고 오늘이는 지하 연습실로 내려왔다.

연습실에는 대겸이 먼저 와 있었다. 학교를 다니지 않는 대겸
은 항상 제일 먼저 온다.

"형!"

대겸이 문을 열고 들어오는 오늘이에게 '다다다' 달려왔다.

"형, 어쩌면 그럴 수 있어?"

"무슨 소리야?"

"이렇게 모른 척하기야?"

오늘이는 대겸이 무슨 말을 하는지 알아듣지 못했다.

"린아 누나 스캔들! 한강에서 사진 찍힌 게 인터넷에 떴어. 지
금 회사 난리 났다고."

오늘이는 가슴이 쿵 내려앉았다. 지난주에 린아와 한강에서
만난 게 떠올랐다. 그때 린아와 오늘이 둘 다 모자를 푹 눌러
쓰고 있었는데 누가 알아본 걸까? 아, 그날 조심했어야 했는데.

"아, 그, 그게 말이지. 나랑 린아는 진짜로 아무 사이도 아니
란 말이야."

오늘이가 진땀 빼며 설명하고 있는데 대겸이 휴대폰을 꺼내
사진을 보여 줬다. 화면 속에 있는 건 오늘이가 아니었다.

스캔들

"아, 형도 몰랐구나."

오늘이는 대겸의 휴대폰을 가져와 사진을 확대했다. 린아 옆에 있는 건 서바이브의 리더 지노다. 서바이브는 데뷔한 지 3년 차 된 아이돌로 보이 그룹 중 가장 인기가 많다.

연습실 문이 열리며 승찬, 해인이 들어왔고, 둘도 린아와 지노 이야기를 꺼냈다. 한강에서 찍힌 사진뿐만 아니라 둘의 SNS에도 증거가 있다며 분석한 글이 있었다. 둘은 같은 브랜드의 운동화를 신고 있었다.

"지노가 작년부터 계속 린아 누나가 이상형이라고 말했네."

한 시간 전 올라온 지노 숏폼 인터뷰 영상의 조회 수가 백만이 넘어가고 있었다.

한참 검색하고 있는데 윤빈이 왔다. 연습 안 하고 뭐 하냐고 할 줄 알았던 윤빈도 네 명 사이에 슬쩍 끼더니 같이 봤다. 윤빈이 오늘이에게 물었다.

"너도 몰랐어? 너 린아랑 친한 거 아니었어?"

"연습이나 하자."

오늘이가 대겸의 휴대폰을 껐다.

안무 연습이 시작되었지만 오늘이는 여러 차례 동작 실수를 반복했다.

왜 자꾸 린아의 스캔들이 신경 쓰이는 거지? 린아와 지노는 정말로 사귀는 사이일까? 대겸이 말한 것처럼 린아가 자신에게 미리 말을 안 해서 서운한 건가? 단순히 말을 안 했기 때문에? 오늘이도 자신의 마음이 왜 이렇게 싱숭생숭한지 알 수 없었다. 린아는 아이돌에게 연애만큼 치명타가 없다며 절대로 남자 친구는 사귀지 않을 거라고 했다. 오늘이는 딴생각을 하다가 또 동작 실수를 했다.

"좀 쉬었다 하자."

급기야는 윤빈이 먼저 쉬자는 말을 꺼냈다. 지하 연습실에 있는 게 답답하게 느껴져서 오늘이는 5층 휴게실로 올라왔다. 미리족도 아니면서 대형 비바리움을 바라보고 있으면 마음이 좀 편안해진다. 진짜 숲은 아니지만 숲에 온 것처럼 상쾌하다.

비바리움 앞에 서서 오늘이가 천천히 숨을 내쉬고 있는데 지나가는 연습생들이 말하는 게 들렸다. 돌아보니 에이 팀 연습생들이었다.

"린아 거식증이래? 전혀 몰랐네."

"그럼 그거로 스캔들 덮은 거야?"

"스캔들보다 거식증이 낫잖아."

오늘이는 연습생들 쪽으로 다가가서 방금 그게 무슨 말이냐고 물었다.

"조금 전에 린아 기사가 떴어."

우려한 것과 달리 린아 기사는 지노 스캔들이 아닌 거식증 관련 내용이었다. 연습생은 회사에서 이 기사로 스캔들을 막았을 거라고 했다.

휴게실 의자에 앉은 오늘이는 제 휴대폰을 꺼내 검색창에 '린아'를 검색했다. 거식증 기사가 주르르 떴다. 린아가 식이 장애로 치료받고 있는 진단서까지 공개됐다. 지노와의 스캔들 기사는 하나도 없었다. 실시간으로 댓글이 올라오고 있다.

> ⇨ 린아 뭐임? 거식증은 무슨. 다이어트한 거면서
>
> ⇨ 그럼 잘 먹는 거 다 가짜였다는 거야? 완전 배신감 느낌
>
> ⇨ 린아 먹는 거 따라 하느라고 내가 쓴 배달 비용이 얼만데!
>
> ⇨ 저게 사기가 아니면 뭐야?

사람들은 이제까지 먹방은 다 사기였냐며, 린아에게 속았다고 화를 냈다. 열애설은 쏙 들어가고 린아의 식이 장애 이야기가 인터넷을 도배했다.

아까 회사 관리 팀에서 모여 해결 방법으로 찾은 게 이거였나? 회사는 린아의 연애 스캔들이라는 화제를 식이 장애 화제로 돌리는 걸 선택했다. 아이돌에게 있어서 식이 장애 기사가 스캔들보다는 훨씬 낫긴 할 거다.

하지만 이러나저러나 린아는 또 비난을 받게 되었다. 린아도 분명 이 글들을 읽어 볼 텐데. 연예인들이 자기 자신을 인터넷으로 검색하는 걸 '에고 서치'라고 하는데 그걸 하지 않는 아이돌은 거의 없다.

"연습 안 하고 여기서 뭐 하냐?"

연석이었다.

"린아 스캔들, 용케 막았네요."

오늘이가 휴대폰을 들어 보이며 말했다.

"그러게. 주 대표는 운도 좋지 뭐냐. 어떻게 연애 스캔들 기사를 막을까 고민하고 있는데 서바이브 소속사 측에서 어찌 알았는지 저걸 터트렸더라."

"우리 회사에서 터트린 게 아니에요?"

연석이 그렇다고 대답했다.

"린아 이미지 안 좋아질 텐데 왜 그걸 알리겠어. 어쨌든 연애 스캔들은 묻혔으니 우리 쪽에서도 잘된 거라 할 수 있지."

"잘되긴 뭐가 잘돼요? 지금 린아가 사람들에게 얼마나 욕먹고 있는데요."

오늘이가 자기도 모르게 버럭 화를 냈고 연석이 당황해했다.

"너, 혹시 린아 좋아하니?"

"아니거든요."

스캔들

오늘이는 연습하러 가겠다며 휴게실에서 나왔다. 엘리베이터를 기다리고 있는데 연석이 따라와 옆에 섰다.

"난 퇴근하려고."

오늘이는 연석과 함께 엘리베이터를 탔다.

"케이 팀이 연습생 채널 중에 가장 인기가 많더구나. 드래곤 시티 팬들 사이에서도 그렇고. 이제 거의 다 왔어. 그러니까 정신 더 바짝 차려."

연습생 사이에서 케이 팀 아니면 에이 팀이 최종 데뷔 조가 될 거라는 이야기가 돌았다. 두 팀이 다른 팀에 비해 화제성과 영상 조회 수가 단연 높았다.

"그나저나 네가 린아를 좋아했구나. 전혀 몰랐네."

"아니라니까요."

"뭐 좋아할 수야 있지. 그런데 일개 연습생과 아이돌은 이루어질 수가 없단다. 현실이 그래. 그러니까 오직 데뷔할 생각만 하렴."

오늘이는 연석이 격려를 하는 건지 약을 올리려는 건지 가늠이 되지 않았다. 오늘이에게 격려로 와닿지 않았으면 격려가 아니다. 오늘이도 이대로 당하고만 있고 싶지 않았다. 때마침 엘리베이터 문이 열렸다.

"혹시 부대표님 연습생 때 경험담이세요? 소문을 들었는데 예전에 부대표님이랑 주 대표님이……."

오늘이가 말을 다 하기 전에 연석이 말을 끊었다.

"아니거든!"

이번에는 연석이 화를 버럭 낸 후 엘리베이터에서 내렸다.

오늘이는 드래곤 시티가 살아 있는 생물처럼 느껴졌다. 어제는 내내 회사가 시끄러웠다. 인터넷에 올라온 린아와 지노 사진과 뒤이어 올라온 린아의 거식증 기사로 인해 바깥뿐 아니라 회사 내에 있는 모든 사람들이 동요될 수밖에 없었다.

하지만 하루가 지나니 거짓말처럼 잠잠해졌다. 물론 이러다 언제 또 일이 터질지 모른다. 여긴 예측이 불가능한 곳이다.

오늘이는 린아에게 연락하지 않았다. 오늘이 말고도 여러 곳에서 연락을 해서 정신이 없을 것 같았다.

이따 저녁에 린아의 라방이 예정되어 있다. 어제 사건으로 인해 취소할 줄 알았는데 그대로 진행한다는 공지가 떴다.

오늘이는 어제와 다르게 연습 때 실수를 하지 않았다. 틀리면 쉬는 시간이 늦춰질 뿐이다. 오늘이는 린아의 라방이 궁금했다. 쉬는 시간에 라방을 볼 생각이다.

"지금처럼만 해라. 어제랑 완전 다르잖아."

음 선생님이 오늘이와 케이 팀에게 칭찬을 아끼지 않았다.

스캔들

쉬는 시간이 되자마자 오늘이는 휴대폰과 이어폰을 챙겨 서둘러 화장실로 갔다.

린아의 라방 링크 주소를 클릭했는데 방송 종료라고 뜬다. 시작 시간이 10분도 채 지나지 않았는데 벌써 끝난 건가? 다시 보기도 제공하지 않는다고 나와 있다.

댓글을 살펴보니 방송이 중지된 이유를 추측할 수 있었다. 악플이 너무 많이 달려 방송이 중단된 거였다. 린아는 지금 숙소에 있을까? 매직펄 멤버들이 위로해 주면 좋을 텐데 리더인 린아는 팀원들 앞에서 괜찮은 척하고 있을 게 뻔하다.

> 괜찮아?

오늘이는 메시지를 썼지만 보내지 못했다.

토요일이라 아침부터 연습을 해서 평일보다 이른 시간인 저녁 아홉 시쯤 연습이 끝났다. 종일 안무 연습을 하느라 옷이 땀에 찌들었다. 다들 집으로 가서 씻고 싶다며 나갔지만 오늘이는 조금 더 연습하기 위해 남았다.

아까 린아 라방의 댓글을 새로 고침해서 읽는데 '곤약 젤리'라는 단어가 눈에 띄었다.

오늘이가 홀로 남아 안무 연습을 하고 있는데 연습실 문이 열렸다. 모자를 푹 눌러 쓴 린아였다. 바닥 한쪽에 놓인 곤약 젤리를 발견한 린아가 그쪽으로 걸어갔다. 오늘이는 음악 소리를 더 크게 틀었고 린아는 바닥에 주저앉았다.

오늘이는 린아가 옆에 없는 것처럼 계속 춤을 추었다. 린아는 얼굴을 무릎에 파묻은 후 소리 내어 울고 또 울었다. 지난 그날처럼 말이다.

얼마나 시간이 지났을까. 실컷 울고 난 린아가 곤약 젤리를 먹기 시작했고 오늘이도 연습을 멈췄다. 오늘이는 린아로부터 5미터쯤 떨어진 곳에 앉았다.

"안 괜찮지?"

"당연하지. 아이돌 생활은 꼭 놀이공원 같아."

"뭐가 그렇게 재밌다고?"

오늘이는 린아를 통해 아이돌의 숨겨진 뒷면을 보게 된다. 이제는 아이돌이 된다고 해서 마냥 좋을 것 같다는 생각은 하지 않는다.

"1분 재밌으려고 막 몇 시간씩 기다리잖아. 아이돌은 아주 잠깐만 반짝여. 그 반짝임을 위해 기다려야 하고 견뎌야 하는 시간은 아주 길어."

무대 위에서 빛나는 시간을 위해 린아가 감당해야 할 건 너무나 많다.

"하여튼 지노 소속사 진짜 짜증 나. 지노는 쏙 빠져나오고 나만 이게 뭐야?"

린아는 속에 있는 말을 다 털어놨다.

"지노는 뭐래? 미안하대?"

"몰라. 휴대폰 회사에서 가져갔어. 그리고 지노 나랑 연락하고 싶지도 않을 거야. 사귀자고 했는데 내가 거절했거든."

린아는 한강에서 사진 찍힌 날에 대해 이야기했다. 매직펄 멤버인 제나와 함께 한강에 갔는데 우연히 지노를 만났다고 했다. 알고 보니 우연이 아니라 제나를 통해 지노가 린아를 만나러 온 거였다.

"몇 번 연락 와서 답도 안 했거든. 그런데 하필 그날 사진이 찍힌 거야."

린아와 지노가 아무 사이 아니라는 이야기에 오늘이는 갑자기 피곤이 싹 풀리는 기분이었다. 린아는 어제 오늘 힘들었다며 계속 푸념을 했다.

"내가 재밌는 거 얘기해 줘?"

"뭔데?"

"어제 대겸이가 네가 스캔들이 났다며 한강에서 사진이 찍혔다는 거야. 순간 나랑 찍힌 건 줄 알고 놀랐잖아. 말도 안 되지. 너랑 나랑 스캔들이 날 리가 없는데 말이야."

오늘이는 린아가 웃길 바라는 마음에서 부끄러움을 무릅쓰고 말했다.

"너랑 스캔들 난 거면 억울하지나 않았을 거야. 지노는 진짜 나랑 아무 사이 아니라고."

오늘이는 자기도 모르게 그럼 나랑은 무슨 사이냐고 물어볼 뻔했다. 둘 사이에 정적이 흘렀다.

먼저 침묵을 깬 건 린아다.

"진짜 이런 일이 생기면 내가 아바타 같아. 하고 싶은 대로 할 수 있는 건 아무것도 없고. 너 이래도 데뷔하고 싶어?"

린아는 너무 힘들었는지 오늘이에게 차라리 데뷔를 안 하는 것도 방법이라는 말까지 했다.

오늘이는 문득 연석이 자신에게 했던 말이 떠올랐다. 린아는 하늘 위에 떠 있는 별이다. 린아에게 다가가기 위해서는 똑같은 별이 되어야만 한다.

갑자기 오늘이의 가슴이 뛰기 시작했다. 왜 그렇게 린아의 스

스캔들

캔들을 신경 쓰고 린아 걱정을 했는지 오늘이는 깨달았다.

"아니, 나 꼭 데뷔할 거야."

린아가 가고 난 후에 오늘이는 다시 연습을 시작했다. 오늘이는 그 어떤 날보다 더 데뷔가 간절했다. 꼭 아이돌이 되고 싶다. 이제까지는 자신을 위해서만 데뷔를 바랐지만 이제는 아니다. 데뷔하고 싶은 이유가 한 가지 더 추가되었다.

오늘이는 더 좋은 더 멋진 더 나은 사람이 되고 싶었다.

두려움이라는 껍질

드래곤 시티의 새 그룹 데뷔 날짜가 정해졌다. 내년 1월 1일로 새해 첫날 알에서 깨어난 용 콘셉트다. 드래곤 시티는 용이라는 세계관을 제대로 활용하고 있다. 이번에 데뷔하는 보이 그룹은 드래곤 시티의 스무 번째 아이돌로, 20이라고 적힌 알 모양의 티저 영상을 만들어 인터넷에서 계속 광고 중이다.

여섯 팀 중 최종 평가를 받을 기회를 얻은 건 에이 팀과 케이 팀이다. 두 팀 모두 보이 그룹이다. 데뷔곡도 이미 두 곡이나 준비되어 있다. 말랑말랑한 분위기의 귀여운 곡 〈샤이니 데이〉와 강한 비트에 파워풀한 안무를 보여 줄 수 있는 곡 〈하이〉다. 정반대 분위기인 두 개의 음원을 동시에 발표할 예정인데, 데뷔는 한 팀만 할 수 있다.

두 개의 데뷔곡을 두 팀이 동시에 한 달 동안 연습한 후 더 소화를 잘한 팀이 그 곡으로 데뷔를 할 수 있다.

오늘이는 왜 이렇게 하는지 이해가 가지 않았다. 최종 한 팀을 뽑은 후 그 팀만 연습하는 게 낫지 않을까? 두 팀을 각각 준비하면 비용도 두 배로 들 테고, 무엇보다 데뷔하지 못한 나머지 팀에게 너무 잔인한 일이다. 나머지 한 팀은 방출이니까.

그런데 다 이유가 있었다. 미리족은 본능적으로 2등만큼은 되지 않으려고 하기에 최종 두 팀끼리 붙였을 때 성장 속도가 놀랍도록 빨랐다. 1년 동안 연습한 것보다 마지막 한 달 사이에 실력이 가장 많이 늘었다. 데뷔하지 못한 최종 한 팀은 마라톤에서 페이스메이커 역할을 하는 셈이다.

이제 데뷔까지 얼마 남지 않았다. 케이 팀은 여느 때보다 더 연습에 열중했다.

"이 부분은 이렇게 바꾸면 어때요?"

〈샤이니 데이〉 안무를 배우는 중에 대겸이 음 선생님에게 물었다. 음 선생님은 앞뒤 동작과 연결해 대겸이 말한 부분을 춰 보라고 했다. 대겸은 부드럽게 동작을 연결시켰다. 음 선생님이 처음에 보여 준 것과 비교했을 때 손동작을 더 살리니 좋은 포인트가 되었다.

"음, 괜찮네? 그래. 그럼 너희들은 그 부분은 바꿔서 해 봐."

음 선생님은 자신이 만든 안무를 바꾸는 걸 불쾌하게 여기지 않았다. 오히려 케이 팀에게 할 수 있는 건 다 시도해 보라고 조언했다. 오늘이는 드래곤 시티에 들어와 연습생을 하나의 인격체라기보다 회사의 자본 취급을 하는 나쁜 어른을 많이 만났지만 음 선생님 같은 어른도 만날 수 있어서 좋았다. 음 선생님은 케이 팀이 잘못을 해 혼을 낼 때도 화를 내지 않았다. 차근차근 무엇이 잘못되었는지 이야기한 후 생각할 시간을 갖게 했다. 린아도 선생님들 중에 음 선생님을 가장 좋아했다.

"오늘아, 잘했어. 그래, 그거야."

음 선생님은 발동작을 터득한 오늘이를 칭찬했다.

"이번 주는 〈샤이니 데이〉를 중점적으로 연습해 보자. 이 곡 마스터하면 다음 주에는 〈하이〉 안무 가르쳐 줄게."

동작을 다 설명한 후 음 선생님은 대형을 어떻게 맞출 거냐고 물었다. 센터를 먼저 정해야 한다. 센터는 가장 눈에 띄기 때문에 다들 욕심을 낸다. 오늘이 역시 처음 연습생이 되었을 때까지만 하더라도 센터를 하고 싶었지만, 다 같이 연습을 하다 보니 센터가 잘 맞는 멤버는 따로 있었다.

"윤빈이나 해인이가 좋을 거 같아요."

오늘이가 둘을 추천했다. 그러자 대겸과 승찬도 동의한다며 거들었다.

두려움이라는 껍질

"나도 센터가 되고 싶긴 하지만 둘 중 하나가 되는 게 좋을 거 같아. 윤빈 형은 메인 보컬이니 좋을 것 같고 해인이는 대중을 집중하게 만드는 힘이 있으니까."

대겸은 추천 이유를 설명했다. 노래 파트는 윤빈이 많았지만, 해인이 안무 동작을 잘 살려서 보는 이로 하여금 빠져들게 만들었다. 센터 후보가 윤빈과 해인으로 좁혀졌고 누가 센터로 더 적합한지 의견을 나누고 있는데 매니저 형이 기쁜 소식이 있다며 뛰어 들어왔다.

"해인아, 너 드라마 캐스팅 확정됐어!"

매니저 형의 말이 끝나기 무섭게 다들 "우아!" 하고 소리쳤다. 지난주 해인은 드라마 오디션을 보고 왔다. 전 세계에서 인기를 얻은 한국 드라마의 두 번째 시즌으로 많은 배우들이 출연을 희망했다. 해인이 오디션을 치른 배역은 아이돌 역할이다. 연기 경력이 있는 대부분의 아이돌이 그 배역을 탐냈다.

"너무 잘됐다!"

"축하해!"

멤버들이 해인에게 축하 인사를 건넸다. 해인은 얼떨떨한 표정이다. 매니저 형은 내년 봄부터 드라마 촬영을 들어갈 거라고 알려 줬다.

"그럼 센터는 해인이 네가 맡아."

윤빈이 센터를 포기하겠다고 말했다. 해인이 그러지 않아도 된다고 했지만 윤빈은 해인의 덕을 좀 보자고 웃으며 말했다.

"난 센터는 안 해도 상관없어. 데뷔만 하면 된다고. 네가 센터면 우리 팀 데뷔에 엄청 유리할 거야. 맞죠, 형?"

윤빈의 물음에 매니저 형이 그렇다고 했고 다들 해인이 센터가 되는 것에 찬성했다.

"해인아, 잘 부탁해."

대겸이 해인 옆으로 다가가 케이 팀의 운명이 해인에게 달려 있다는 말을 하며 해인의 어깨를 팔로 감쌌다. 해인은 짧게 "어."라고 대답했을 뿐이다. 크게 좋아하는 얼굴이 아니었다. 아무래도 윤빈에게 미안해서 그런 것 같았다.

연습을 하다 보니 여덟 시가 다 되었다. 조금 있으면 식당 문이 닫힌다. 늦게까지 연습하려면 저녁 식사를 해야 한다. 어제는 시간이 아까워 일부러 저녁을 먹지 않았는데 오히려 허기가 져서 능률이 오르지 않았다.

부랴부랴 식당으로 올라가니 아직 밥이 남아 있었다. 배식을 받고 있는데 식사를 마친 후 나가는 에이 팀과 마주쳤다. 케이 팀이 손을 들어 인사를 했지만 에이 팀이 본체만체했다. 왜인지 모르게 분위기가 싸했다. 최종 두 팀으로 뽑히고 난 후 서로 긴장도가 높아지긴 했지만 이 정도는 아니었다.

두려움이라는 껍질

영문을 모르는 케이 팀은 어깨를 으쓱하며 서로를 바라봤다.

"매직펄 버프에 천재 아역 배우까지. 아, 어떤 팀은 좋겠네."

"그러게. 인플루언서 대결도 아니고."

에이 팀은 일부러 케이 팀 들으라는 듯 크게 떠들며 식당을 나갔다. 대겸이 쫓아가려는 걸 오늘이가 막았다. 해인의 드라마 캐스팅 기사마다 해인이 드래곤 시티 아이돌 연습생이라고 소개되었다. 해인 덕분에 케이 팀은 화제가 되었고 에이 팀이 그걸 못마땅하게 여겨 저런 거였다.

오늘이는 배식대 쪽으로 팀원들의 등을 밀었다. 식사 시간이 거의 끝나갈 즈음이라 식당에는 케이 팀뿐이었다.

"아, 얄미워. 자기들은 세븐렉스 영상에 계속 나오면서. 웃기지도 않아."

식탁 앞에 앉은 대겸이 얼굴을 찡그리며 식당 입구 쪽으로 숟가락을 찌르는 시늉을 했다. 세븐렉스를 키운 이사가 에이 팀을 전적으로 밀어주고 있기에 에이 팀은 세븐렉스 영상에 자주 나왔다.

"대겸아. 에이 팀 벌써 갔어. 직접 가서 말해."

윤빈이 뒤에서 뭐라고 하지 말고 쫓아가서 한마디 해 주라고 했다.

"내가 하라면 못 할 거 같아? 나 진짜 간다. 진짜 가."

대겸이 당장이라도 자리에서 일어날 것처럼 굴었지만 누구도 말리지 않았다.

"왜 안 가? 가라니까?"

오늘이마저 장난을 쳤고 대겸은 배고프다며 밥을 먹기 시작했다. 그런데 해인이 밥을 먹는 둥 마는 둥 하고 있었다. 그걸 본 윤빈이 툭 말을 던졌다.

"박해인, 쟤네 말 신경 쓰지 마. 너 드라마 캐스팅 아니어도 어차피 우리 욕했을 거야. 우리 팀은 부대표님 때문에 중간에 들어왔잖아. 부대표 낙하산이라고 욕했겠지."

"오, 윤빈 형 오늘 좀 멋있는데? 형, 이거 먹어."

대겸이 자기 식판에 있던 오이지를 윤빈의 밥 위에 다정하게 올려놓으며 말했다.

"대겸아, 나 오이 알레르기잖아."

"아, 맞다."

대겸이 얼른 오이지를 다시 제 식판으로 가져왔다.

"근데 좀 씁쓸하다. 최종 두 팀으로 뽑히기 전에는 에이 팀이랑 이렇지 않았잖아."

승찬이 쩝 소리를 내며 말했다. 비록 팀은 달랐지만 같은 연습생이기에 유대감 같은 게 있었다. 그전까지는 워낙 여러 팀이 있기에 경계가 덜했지만 이제는 두 팀 중 한 팀만이 데뷔할 수

두려움이라는 껍질

있기에 마냥 응원할 수가 없다.

"상황이 그렇게 만든 거지 뭐. 최종 한 팀이 결정되고 나면 에이 팀도 왜 그랬었나 싶을 거야."

오늘이는 에이 팀이 밉지는 않았다.

"그러게. 아, 이제 최종까지 2주 남았구나. 우리 데뷔 못 하면 이렇게 같이 밥도 못 먹는 거지?"

대겸이 오늘이의 어깨에 머리를 기대며 말했다. 연습생이 된 지 8개월이 지났다. 8개월 동안 거의 매일 멤버들을 만났다. 오늘이는 학교 친구들보다 케이 팀과 더 많은 시간과 마음을 나누었다. 교실 안에 모인 아이들은 수료나 졸업이라는 목적지를 향해 가는 크루즈에서 만난 개별 관광객이다. 1년간 어떻게든 버티면 목적지에 닿는다. 반면에 케이 팀은 작은 나룻배를 탄 동지다. 게다가 이 나룻배는 호수가 아닌 너른 망망대해에 떠 있어 다섯 명이 정신을 똑바로 차리고 노를 저어서 함께 가야 한다. 데뷔라는 목적지는 또 다른 출발지일 뿐이다.

"그냥 지금처럼 계속 연습생 해도 재밌겠다."

밥을 먹으며 해인이 말했다.

"내가 팀을 잘 만난 거 같아. 고마워."

승찬도 거들었다.

"뭐야? 분위기 왜 이래? 마지막도 아닌데. 으, 밥 먹자, 밥!"

대겸이 숟가락으로 식판을 두 번 내리치며 말했다. 종방연도 아니고 이제 데뷔를 앞두고 너무 분위기에 젖었나 보다. 느긋하게 밥 먹을 시간이 없다. 얼른 식사를 끝내고 연습하러 가야 한다. 다들 정신을 차리고 밥을 먹는데 윤빈이 말을 꺼냈다.

"너희들은 나랑 다르구나. 난 얼른 이 생활 끝났으면 좋겠어."

아이들은 밥을 먹다 말고 윤빈을 바라봤다.

"난 디데이가 없었으면 드래곤 시티 연습생 안 했을 거야. 기약 없는 연습생 생활 끔찍하잖아."

윤빈의 말에 다들 고개를 끄덕였다. 연습생은 데뷔를 해야만 그 시간의 가치를 인정받는다.

"만약에 말이야. 여기서 데뷔 못 하고 방출되면 다른 회사로 안 갈 거야?"

오늘이가 조심스럽게 윤빈에게 물었다.

"데뷔할 사람한테 뭘 그런 걸 물어? 우리 데뷔할 거잖아."

윤빈의 말에 오늘이가 피식 웃었다. 이건 오늘이의 대사인데. 어느새 윤빈은 오늘이를 따라 하고 있었다.

연습실에 도착하자마자 오늘이는 매니저를 찾았다.

"형, 해인이 아픈 거 맞아요? 연락이 아예 안 돼요."

오늘이의 물음에 매니저는 대답 대신 한숨을 푹 내쉬었다.

두려움이라는 껍질

"무슨 일 있어요?"

매니저는 주변 눈치를 살피며 오늘이를 구석으로 데리고 갔다. 해인이 연습실에 오지 않은 지 벌써 5일째다. 연습실에 오지 않은 첫날, 매니저는 해인이 몸이 좋지 않아 쉰다고 알려 줬다. 최종 테스트를 앞두고 무리를 하긴 했다. 오늘이는 잘 쉬고 얼른 나아서 보자는 문자를 보냈지만 해인에게 답이 오지 않았다. 조금 이상하긴 했다. 다음 날 해인은 단톡방에서 아예 나가 버렸다. 다시 초대하려고 보니 (알 수 없음)이라고 떴다. 아예 톡 앱을 삭제해 버린 것 같았다. 어제는 오늘이가 전화를 걸었는데 휴대폰이 꺼져 있었다. 다른 멤버들도 해인과 연락이 되지 않는다고 했다.

"그만두겠대."

"네? 해인이가요? 왜요?"

"나도, 회사도 그걸 모르겠어. 해인이는 연락도 안 되고 해인이 부모님은 그냥 죄송하다고만 하셔."

매니저가 답답한지 양 손가락 끝을 세워 머리를 마구 헤집었다. 정말 해인은 연습생을 그만두려는 걸까? 지난번 에이 팀이 말한 것 때문인가? 그날은 괜찮아 보였는데.

"지금 문제가 그것만 있는 게 아니야."

"왜요?"

매니저 형은 말할까 말까 하다가 오늘이가 계속 재촉하니 입을 열었다.

"드라마도 안 하겠대. 아직 제작사에는 말도 못 했어."

회사에서는 계속 해인을 설득 중이라고 했다. 오늘이가 해인에게 다시 전화를 걸었지만 여전히 꺼져 있다.

해인을 제외한 네 명이 모여 춤 연습을 시작하고 있는데 음 선생님이 들어왔다. 음 선생님은 케이 팀이 연습하는 걸 한참 지켜보다가 음악을 껐다.

"줄 좀 다시 맞추자."

음 선생님은 비어 있는 해인의 자리로 윤빈이 옮겨 오도록 했다. 다시 음악이 재생되었고 새로 맞춘 대형으로 춤을 추고 나자 원래대로 하라고 지시했다.

춤 수업이 끝났다. 다음 보컬 수업까지 15분 정도 시간이 남았다. 오늘이는 연습실을 나가려는 멤버들을 불렀다.

"해인이에 대해 이야기 좀 해야 할 것 같아."

오늘이는 고민하다가 매니저에게 들은 해인의 이야기를 멤버들에게 전했다.

"혹시 너희들 해인이한테 뭐 들은 거 없어?"

다들 고개를 저었다. 모르는 건 다른 멤버들도 마찬가지다.

"다른 기획사에 스카우트된 거 아닐까?"

두려움이라는 껍질

승찬의 말에 오늘이는 "설마." 하고 대답했다. 대겸도 그러면 자기에게 말했을 거라 했다. 하지만 그게 아니라면 도대체 왜 그만두겠다는 거지? 자발적으로 연습생을 그만두는 경우는 거의 없다.

어찌어찌 연습을 이어 나갔지만 오늘이는 해인의 생각을 하느라 집중이 잘 안 됐다. 다른 멤버들도 그런 것 같았다. 자꾸만 동작 실수를 반복했다.

다음 날, 오늘이는 학교 수업을 마친 후 연습실로 가지 않았다. 매니저를 통해 해인이 학교는 계속 다닌다는 이야기를 듣고 학교 앞에서 해인이 나오기만 기다렸다.

오늘이는 정문으로 걸어 나오는 해인이 쪽으로 걸어갔다.

"박해인!"

오늘이는 높이 든 팔을 흔들며 크게 해인의 이름을 불렀다.

"어? 형."

해인의 얼굴은 좋아 보이지 않았다. 얼굴 살이 많이 빠졌는데 건강함이 아니라 핼쑥함 쪽에 가까웠다.

"여긴 어떻게 왔어?"

"너 보려고 왔지. 연습실도 안 오기에 꼭꼭 숨었을 줄 알았는데 고작 숨은 데가 여기야?"

오늘이의 말을 듣고 해인이 피식 웃었다.

"뭐 좀 먹자."

오늘이는 근처 패스트푸드점으로 해인을 데려갔다. 오늘이가 햄버거를 먹으라고 했지만 해인은 콜라만 먹겠다고 했다. 오늘이도 배가 고프지 않아 콜라를 주문했다.

"연습실 언제 나올 거야? 다음 주 마지막 테스트인 거 알지?"

해인은 아무 대꾸도 하지 않았다. 진동벨이 울려 오늘이가 콜라를 받아 왔다.

"형, 사실 나는 아이돌이 되고 싶었던 게 아니야."

해인이 빨대로 콜라를 마시며 말했다.

"그럼?"

"연기를 다시 하고 싶었어. 아이돌이 되면 연기할 기회가 생길 테니까. 연습하면서 늘 미안했어. 나는 형이나 다른 멤버들처럼 간절하지 않았거든. 그런 내가 센터는 무슨 센터야. 아무래도 난 우리 팀에 있으면 안 될 거 같아. 내가 우리 팀 점수 깎아 먹을 거야."

오늘이는 잘 이해가 가지 않았다. 해인의 말대로라면 드라마 출연이라도 해야 한다. 하지만 해인은 그것조차 하지 않겠다고 통보했다.

"그럼 드라마는 해야 하는 거 아니야?"

해인이 아무 대답도 하지 않았다. 어쩐지 겁먹은 표정이다.

두려움이라는 껍질

"왜 드라마까지 안 하려는 거야?"

"그게 말이지."

해인은 망설이다가 영화계에서 자신이 사라진 이유를 털어놨다. 첫 영화를 찍고 난 후 천재 아역이 나타났다는 찬사를 많이 들었다. 두 번째 출연하게 된 영화에서 해인의 비중은 더 컸다. 성인 배우와 공동 주연이었다. 전체 분량의 절반 가까이 촬영을 했는데, 어느 날 갑자기 카메라 앞에서 몸이 굳고 아무 말도 나오지 않았다. 많은 사람들이 기다리는데 해인은 대사 한마디도 내뱉지 못했다. 입만 굳은 게 아니라 앞이 하얗게 보였다. 해인은 아무것도 할 수 없었고 결국 영화에서 하차하게 되었다.

"그 이후로 오디션을 보러 다니지 않았어. 뭐 그럴 필요도 없었어. 영화판에 소문이 쫙 났거든."

그때 영화사와 촬영 스태프에게 끼친 피해가 적지 않았다. 그동안 벌었던 광고 수익금으로 촬영에 끼친 손해를 보상했다.

"막상 드라마 캐스팅됐다고 하니까 무섭기만 했어. 이번에도 또 내가 망칠 테니까. 드라마도, 아이돌 데뷔도 내가 망칠 거야. 내가 또 다른 사람들 발목을 잡을 게 뻔해."

해인은 무대 위에서 아무것도 못 하고 멀뚱히 서 있기만 하는 상상을 자주 한다고 말했다. 해인이 데뷔 무대를 완전히 망쳐버리는 거다.

하지만 정작 해인의 발목을 잡고 있는 건 일어나지도 않은 상상이 낳은 두려움이다.

"잠깐 기다려."

오늘이는 카운터로 가서 햄버거 두 개를 주문해서 사 왔다.

"우선 먹자. 배를 채워야 쓸데없는 상상을 안 하지."

오늘이 햄버거 포장지를 벗겨 먹기 시작했고 해인도 따라 했다. 둘은 아무 말 없이 햄버거를 먹기만 했다. 해인이 햄버거를 다 먹고 난 후에야 오늘이는 다시 조심스럽게 말을 꺼냈다.

"해인아. 진짜 네가 가장 원하는 게 뭐야? 그걸 생각해 봐."

해인은 아무 대답도 하지 않았다.

"해인아, 잘 들어. 인생 네 걱정대로만 되지 않아. 네가 우려하는 일은 잘 일어나지 않는다고. 왜 일어나지도 않을 일을 걱정하고 있어? 우선 너는 그때의 해인이가 아니야. 예전에 그랬다고 또 그럴 리 없다고. 카메라 앞에서 겁먹지 마. 드라마 오디션 때 한 것처럼 하면 된다고. 무대도 걱정하지 마. 설사 데뷔 무대에서 네가 멈춰도 상관없어. 우린 팀이니까. 우리 네 명이 네 파트를 부르면 돼. 팀이 있는데 뭐가 걱정이야?"

해인은 묵묵히 오늘이의 말을 듣기만 했다. 해인은 생각에 잠긴 모습이다. 두려움이라는 껍질을 벗기고 나면 그 안에 든 건 잘하고 싶은 마음이다.

두려움이라는 껍질

"그만 가자. 나 연습 늦으면 안 돼."

오늘이는 해인과 함께 햄버거 가게에서 나왔다.

"너무 늦지 않게 돌아와. 너 없으면 우리 데뷔 못 해. 네가 필요하다고. 우린 한 팀이잖아."

오늘이는 그 말을 한 후 해인과 헤어졌다.

그날 저녁 해인이 연습실로 돌아왔다. 〈하이〉 곡에 맞춰 연습하고 있는데 해인이 문을 열고 들어왔다. 해인은 자연스레 네 명 사이로 들어오면서 안무를 맞췄다. 넷은 해인이 서야 할 센터 자리를 마련해 주었다.

드러나다

드디어 다 왔다.

관리 팀의 연락을 받은 연석은 두 주먹을 꽉 쥔 채 허공에 대고 여러 번 흔들었다. 연석과 친구인 관리 팀의 김 차장은 드래곤 시티의 스무 번째 아이돌로 케이 팀이 결정되었다는 언질을 주었다. 정식 발표는 내일이지만 회사 내부에서 오늘 결정이 났다고 말이다. 내부 평가 점수는 비슷했지만 팬들의 투표에서 케이 팀의 점수가 월등히 더 높았다.

내년 1월 1일 정식 데뷔까지 시간이 한 달밖에 남지 않았다. 하루라도 빨리 케이 팀을 준비시키려면 관리 팀에서도 서둘러야 한다. 케이 팀 다섯 멤버의 스타일링을 위해 지금 회의를 할 거라며, 김 차장은 연석에게 축하한다고 말했다.

221   드러나다

이제 데뷔가 확정되었을 뿐이지만 연석은 케이 팀의 성공을 확신했다. 예전 연석이 데뷔시켰던 팀들에 비해 연습 기간은 짧았지만 9개월 동안 케이 팀을 지켜보며 이번은 다르다는 걸 느꼈다. 중간 평가에서 애매한 점수를 받긴 했지만 다른 팀보다 테스트 횟수가 적었고, 시간이 갈수록 점점 발전하는 게 눈에 띄었다. 결국 연석이, 아니 케이 팀이 해냈다.

데뷔는 아이돌에게 있어 시작일 뿐이다. 데뷔를 하고도 이름을 알리지 못하고 사라지는 팀이 훨씬 더 많다. 승률이 높다고 하는 드래곤 시티도 이제까지 열아홉 개 팀을 데뷔시켰지만 대중에게 알린 팀은 절반밖에 되지 않는다. 연습생이 0이고 데뷔까지 가는 게 1이라면, 매직펄만큼 성공하는 건 100이다. 그런데 0에서 1까지 가는 게 훨씬 더 어렵다. 무에서 유를 만들어 내야 하기 때문이다.

케이 팀은 지하 연습실에서 한참 연습 중이다. 녀석들이 이 소식을 알게 되면 얼마나 좋아할지 눈에 선했다. 하지만 김 차장은 에이 팀과 케이 팀에는 내일 알릴 거라며 비밀로 하라고 일렀다. 슬쩍 가서 연습하는 거라도 보고 올까?

연석은 방문을 열고 나왔다. 케이 팀의 마지막 연습 날을 보고 싶었다.

복도를 걸어가는데 저 멀리 주신아가 걸어오는 게 보였다.

평소라면 주신아와 마주치기 싫어 뒤돌아 가거나 옆으로 샜겠지만, 지금만큼은 다르다. 주신아의 표정이 좋지 않다는 게 멀리서도 잘 보였다. 주신아도 케이 팀이 데뷔하게 된 걸 들었나 보다. 연석이 자신 몫의 회사 주식을 포기하고 쫓겨날 일은 생기지 않을 거다. 20년만 젊었어도 혀를 내밀어 '약 오르지?' 하며 놀렸을 텐데 그러기엔 연석이 너무 나이 들어 버렸다.

10미터 앞으로 주신아가 다가왔을 때 즈음, 안다 도사에게 전화가 왔다. 전화를 받은 연석이 말을 할 새도 없이 안다 도사가 먼저 "너 큰일 났어!" 하고 소리쳤다.

"뭐가 큰일 나요?"

"너 오늘인가 내일인가 그 애 안 내보냈어?"

"아, 그게요."

지난번 연석은 안다 도사에게 오늘이를 내보낼 거라고 했다.

"신아가 알아 버렸어."

"네?"

신아가 5미터 앞으로 가까이 다가왔다.

"아니, 난 당연히 네가 걔를 내보낸 줄 알았지. 그래서 신아한테 너희 팀 멤버 누구로 바뀌었냐고 물었지."

"다 말씀하신 거예요?"

주신아는 2미터 앞에 있다.

드러나다

"뭐 어쩌다 보니까."

"아, 삼촌!"

주신아는 손을 뻗으면 멱살잡이도 가능한 거리까지 왔다. 연석은 다시 전화를 건다는 말을 하고 통화를 끝냈다.

"너, 어떻게 된 거야? 안다 도사님 말씀이 다 사실이야?"

연석은 주변을 둘러보았다. 신아의 목소리가 워낙 커 사무실 안에서 일을 하고 있던 직원들이 연석과 신아가 있는 쪽을 쳐다봤다. 하는 수 없이 연석은 신아의 팔을 잡아끌고 자기 방으로 들어왔다. 신아가 난리 칠 것 같아 블라인드도 내렸다.

"너 제정신이야? 어떻게 미리가 아닌 인간을 데뷔시키려고 해? 임원들이 알면 가만있을 것 같아?"

"미리건 일반 인간이건 뭐가 그렇게 중요해?"

미리들은 일반 인간과 다를 게 없다고 말하면서 이럴 때는 꼭 구별을 지으려고 했다.

"드래곤 시티는 미리를 위한 곳이잖아. 너희 아버지가 드래곤 시티를 왜 세우셨는 줄 몰라?"

"아이돌 만들려고 세우신 거지. 미리가 아이돌에 유리한 조건이라 미리를 뽑았을 뿐이야."

"그게 우리 회사의 정체성이라고. 그래서 직원조차 전부 미리만 뽑잖아. 왜 네가 그걸 망치려는 건데?"

"망치긴 누가 망쳤다는 거야? 일반 인간 한 명 들어온 게 그렇게 큰일이야?"

"그럼 네가 회사 사람들한테 다 말할래? 데뷔 팀에 미리 아닌 이가 있다고?"

"굳이 말해야 해?"

"이거 봐. 숨기려고 하는 건 뭔가 켕기기 때문인 거지."

신아는 당장 연석의 아버지에게 전화를 걸어 이 사실을 알리겠다고 으름장을 놓았다.

"좀 기다려 봐."

연석은 이 사태를 어떻게 수습해야 할지 방안이 떠오르지 않았다. 설립자인 아버지와 임원들이 안다면 반대할 게 뻔하다.

"너 지난번에 사이비 교주라고 소문났을 때 그거 덮을 아이디어 준 것도 오늘이라고. 오늘이 아니었으면 너 대표 자리에서 물러났을 거야."

연석은 어떻게든 오늘이를 옹호하고 싶었다.

"오, 그래? 그럼 너 그건 아니? 중간 평가 때 내가 케이 팀한테 기회 주라고 해서 너희 보류 팀으로 남은 거. 그렇게 따지면 나도 빚 갚은 거라고."

"그건 우리 애들이 나온 영상 조회 수가 높아서 네가 아깝다고 올린 거잖아. 우리 애들이 잘해서 된 거라고."

드러나다

"그렇게 따지면 뭐 내가 진짜 사이비 교주야? 나도 곧 오해 풀렸을 거야."

신아는 한마디도 지지 않았다. 신아에게 맞서 봐야 좋을 건 없다. 연석은 신아에게 부탁하는 자세로 바꿨다. 연석은 애원하듯 신아의 팔을 잡았다.

"신아야, 그냥 실력으로만 평가해 줘. 우리 애들 정말 잘해. 데뷔하면 매직펄 이상이 될지도 몰라."

"그건 네 생각이지."

신아가 연석의 팔을 뿌리치더니 문을 박차고 나갔다.

"어디 가게?"

"당장 내쫓아야지."

주신아는 케이 팀의 연습실이 있는 지하로 내려갔다. 연석이 막아 세웠지만 멈출 신아가 아니었다.

신아가 연습실 문을 열고 들어갔다. 너무 세게 열어 문이 벽에 부딪혔고 그 소리에 케이 팀 다섯 명이 연습을 하다 말고 신아와 연석이 있는 쪽을 바라봤다.

신아는 성큼성큼 아이들 쪽으로 걸어갔다. 음악이 여전히 흘러나오고 있었고 신아는 스피커 전원 버튼을 눌러 꺼 버렸다. 그리고 스피커 옆에 있는 의자에 앉아 다리를 꼰 채 고개를 꼿꼿이 세웠다.

"너희 팀은 결성부터 착오가 있었어. 드래곤 시티에 왜 미리가 아닌 이가 있지?"

신아는 정확히 오늘이를 노려보며 말했다. 오늘이의 동공이 커지는 걸 신아는 포착했다.

"숨긴다고 숨길 수 있을 줄 알았니?"

대겸과 승찬, 해인은 무슨 소리인가 싶어 서로를 바라봤다. 그때 윤빈이 신아 앞으로 나서며 말했다.

"죄송해요. 속여서."

윤빈도 오늘이가 미리가 아니라는 걸 알고 있었던 걸까? 연석은 윤빈에게 죄송해하지 않아도 된다고 말했다. 윤빈이 리더이긴 하지만 그 책임을 윤빈이 질 필요는 없다. 전적으로 케이 팀을 뽑은 연석이 책임져야 할 일이다.

"제가 미리족이 아닌 걸 속이려고 한 건 아니에요."

윤빈이 고개를 숙이며 말했다. 윤빈이 미리족이 아니라고? 윤빈의 폭탄 발언에 모두 다 어안이 벙벙해져 아무 말도 하지 못한 채 서로를 바라보기만 했다.

"무슨 소리야? 미리족이 아닌 건 나라고."

이번엔 오늘이가 나서며 말했다. 오늘이가 윤빈의 말을 이해하지 못한 것처럼 윤빈도 오늘이의 말을 이해하지 못했다.

'네가 미리족이 아니라고?'

드리나다

둘만 같은 생각을 하고 있는 게 아니라 지켜보고 있는 대겸과 승찬, 해인도 마찬가지였다.

"내가 아니야."

"나도 아니라니까."

오늘이와 윤빈은 둘 다 자신이 미리족이 아니라고 말했다. '둘 중 누가 가짜일까요?'라는 게임이라도 하는 것처럼 둘은 계속 우겨 댔다.

"그만!"

신아가 버럭 소리를 질렀다.

"부윤빈, 너는 진성이잖아. 진석 오빠랑 윤아 언니 아들이고. 네가 왜 미리가 아니야?"

신아는 윤빈에게 방금 한 이야기를 설명해 보라고 했다.

"그게."

윤빈은 신아가 자기를 두고 미리족이 아니라고 하는 줄 알았다. 하지만 신아는 모르고 있었다. 윤빈은 이렇게 된 거 다 밝히기로 했다. 모두를 속이고 지내는 게 계속 찜찜하고 불편했다.

"부모님께서 저를 입양하셨어요."

윤빈은 중학교에 입학하며 자신이 입양됐다는 걸 알게 되었다. 부모님은 아주 어렵게 말을 꺼냈고 그 사실을 알게 된 윤빈도 처음에는 충격이 매우 컸다. 살면서 단 한 번도 친부모님이 아닐 거라는 생각을 해 본 적이 없었다. 부모님은 윤빈에게 어렵고 귀하게 온 아이라는 말을 자주 해 주셨다. 두 분이 결혼한 지 10년 만에 윤빈을 만났으니까. 윤빈은 태어난 지 한 달도 채 되지 않아 부모님께 왔다. 낳아 준 부모님이 아닐 뿐이지 윤빈의 부모님은 그대로였다. 입양 사실을 알려 준 후 부모님은 윤빈의 눈치를 많이 살폈다. 윤빈은 괜찮았다. 가끔 사춘기를 겪으며 스스로의 행동을 제약한 적이 있긴 하다. 착한 아들, 좋은 아들이 되어야만 할 것 같았다. 그런 생각을 할 때면 윤빈은 예민하고 불안해졌지만 다행히 음악을 들으며 치유할 수 있었다. 듣기만 하는 게 아니라 음악을 만들고 싶었다. 부모님께 처음 반항한 건 드래곤 시티 연습생이 되면서다. 부모님은 윤빈이 드래곤 시티에 들어가는 걸 크게 반대했다. 아이돌이 되는 건 결코 쉽지 않은 일이라며 윤빈을 설득했다.

"왜요? 저만 미리족이 아니라서요? 제가 친자식이었으면 반대 안 하셨을 텐데."

윤빈은 부모님께 상처를 주고 말았다. 부모님의 반대 이유가 그것 때문이 아닌 걸 알았다. 미리족이라고 다 아이돌이 되는 건 아니니까. 아빠와 친한 연석만 봐도 알 수 있었다. 윤빈은 딱 10개월만 시간을 달라고 했다. 드래곤 시티에서 데뷔하지 못하면 아이돌의 꿈을 접겠다고. 그렇게 윤빈은 이곳에 오게 되었다.

"너도 미리족이 아니었다니."

오늘이가 상상도 못 했다고 말했다. 그제야 오늘이는 지난번 윤빈의 통화 내용이 이해가 갔다. 들키지 않을 거라는 게 미리 족과 관련한 이야기였다.

"나야 그렇다 치고 오늘이 너는 어떻게 여길 들어온 거야?"

오늘이는 친구 대신 오디션을 보게 되었다고 했다.

"한 명이 아니라 두 명이라고?"

신아는 막힌 기를 뚫기라도 하려는 듯 계속 "허." "참." 하고 계속 신음을 토해 냈다. 그다음 두 눈을 부릅뜬 채 연석과 케이 팀을 찬찬히 훑어보며 말했다.

"케이 팀 데뷔 결정은 유보합니다."

신아가 그 말을 남기고 연습실을 나갔고 연석이 신아의 이름을 부르며 뒤쫓아 나갔다.

"속여서 미안해."

"정말 미안해."

오늘이와 윤빈은 멤버들에게 사과했다. 둘은 얼굴도 못 든 채 서 있는데 대겸과 승찬, 해인이 다가왔다.

"와, 대박. 형들 진짜."

"어떻게 우릴 그렇게 속일 수 있어?"

"그러게. 짐작도 못 했어."

셋의 말투는 속아서 화가 났다기보다 퀴즈를 맞히지 못해 아쉬워하는 것에 더 가까웠다.

"그래. 생각해 보면 둘이 점프를 잘 못하기 한 했어."

"윤빈 형 미리족 이야기만 나오면 계속 화제 돌렸잖아. 그때 눈치챘어야 했는데."

윤빈은 이제야 하는 말이지만 처음에는 미리족이 아닌 걸 들킬까 봐 케이 팀을 조금 멀리했었다고 고백했다.

윤빈과 오늘이는 이제까지 미리족인 아닌 걸 숨기기 위해 노력했던 것을 이야기했고, 대겸과 승찬, 해인은 그때 조금 이상한 게 그 이유 때문이었냐며 웃었다.

"근데 너희들 괜찮아? 우리가 미리족 아닌데?"

오늘이가 나머지 셋에게 물었다.

"그게 뭐 어때서?"

"왜긴. 데뷔 못 할 수도 있으니까. 아까 대표님 화내면서 나가는 거 봤잖아."

윤빈이 이유를 설명했다.

"우리가 데뷔를 못 하면 우리 실력이 안 되는 게 이유겠지."

"그래. 그게 뭐 형들 탓이겠어?"

"우리 공동의 결과일 거야."

세 아이들이 담담하게 이야기했다.

드러나다

오늘이는 동생들의 말이 무척 고마웠지만 티를 내지 않았다. 결과는 아직 알 수 없다.

"그래, 연습하자. 음악 다시 틀게."

오늘이는 음악 재생 버튼을 누르고 대형을 맞춰 섰고 나머지 넷도 오늘이를 따라 섰다. 연습이 다시 시작되었지만 오늘이는 불편한 마음이 사라지지 않았다.

드래곤 시티의 스무 번째 아이돌 발표가 예정보다 늦어졌다. 원래 발표 예정일은 이틀 전이었다. 주신아 대표의 지시라고만 알려졌지 내부에서도 그 이유는 알지 못했다.

신아를 만나고 온 오늘이는 고민에 빠졌다. 신아는 오늘이와 윤빈에게 회사에 도착하면 연습실 말고 자신에게 곧장 오라고 지시했고, 둘은 대표실로 찾아갔다.

"너희 팀은 데뷔할 수 없다. 하지만 너희 둘이 케이 팀에서 빠진다면 이야기가 달라지지."

신아는 오늘이와 윤빈이 미리족이 아니라는 것을 회사 사람들에게 따로 공개하지 않겠다며, 둘이 자진해서 그만두는 것으로 해 주겠다고 했다. 케이 팀을 프로듀싱한 연석이 곤란에 빠지지 않게 하기 위해서라고 했지만, 여러 사람에게 밝혀지면 난감한 건 신아도 마찬가지다. 신아는 이 일을 가능하면 조용히 해결하기를 원했다.

"그럼 나머지 세 명은 데뷔할 수 있는 거예요?"

"그래. 에이 팀과 합칠 예정이야."

관리 팀은 이미 케이 팀이 확정된 것으로 알고 있기에 2순위인 에이 팀을 데뷔 팀으로 만들 수는 없었다. 물론 최종 발표가 나기 전이라 순위를 바꾸는 게 불가능한 건 아니지만 케이 팀의 투표 점수가 월등하게 높았다. 신아도 케이 팀 나머지 멤버들을 놓치고 싶지 않았다.

"멤버들에게 미안한 마음이 조금이라도 있다면 너희가 알아서 나가야 하지 않겠니?"

오늘이는 처음 드래곤 시티의 비밀을 알게 됐을 때 그만두지 않은 게 무척 후회되었다. 끝까지 들키지 않으면 될 거라는 생각만 했지 다른 멤버들의 데뷔까지 막게 되는 일이 생길 줄은 정말 몰랐다.

신아는 오늘이와 윤빈에게 서류를 한 장씩 주었다. 자진해서 연습생을 그만두는 것이 맞다는 확인서다. 둘이 확인서를 가져오면 나머지 케이 팀 멤버들의 데뷔는 확실히 보장해 주겠다고 약속했다.

오늘이와 윤빈은 연습실로 가지 않고 녹음실로 왔다. 비어 있는 시간이기도 했고 여기는 방음이 잘 된다.

> **대겸** 오늘이 형, 윤빈 형! 왜 안 옴? 연습 안 해?

대겸이 케이 팀 단톡방에 글을 남겼다. 대겸과 승찬, 해인은 모두 연습실에 있다.

"우리가 그만두는 게 맞겠지?"

윤빈이 물었고 오늘이는 고개를 끄덕였다. 둘은 주신아에게 받은 확인서를 꺼냈다. 주민등록번호와 이름을 적은 후 그 옆에 서명을 했다.

"연습생 된 후 만든 첫 사인을 이렇게 하게 됐네."

오늘이가 서류를 내려다보며 씁쓸하게 웃었다. 음반도, 포토카드도 아닌 곳에 사인을 하게 될 줄이야. 이 종이가 10개월의 결과다.

"그래도 다행이야. 승찬이랑 해인이, 대겸이는 데뷔할 수 있으니까."

오늘이의 말에 윤빈도 동의했다. 오늘이와 윤빈이 미리족이 아니라는 게 밝혀진 후에도 나머지 세 아이들은 평소와 다를 것 없이 똑같이 연습했다.

"나 혼자만 미리족이 아닌 게 아니라서 좀 위안이 되긴 한다."

윤빈이 오늘이를 바라보며 말했다.

"나도야. 네가 미리족이었으면 날 가만 안 뒀을 거잖아. 걔네

들은 착하니까 다행이지. 너한테 시달릴 생각하면, 아휴."

오늘이의 본심이 튀어나왔다. 윤빈은 아니라고 부정하지 않았다.

둘은 녹음실에서 나와 주신아 대표에게 갔다. 신아는 기다리고 있었다는 듯 오늘이와 윤빈이 건네는 서류를 받아들었다.

"부대표님한테 말씀드려야 할 거 같은데요."

"내가 잘 전달할 테니 걱정하지 마. 부대표를 위해서도 이게 최선이야."

오늘이와 윤빈은 신아에게 마지막 인사를 하고 대표실에서 나왔다. 이로써 드래곤 시티와는 안녕이다.

잠시 후 둘은 엘리베이터에 탔다. 버튼을 누르기 전 오늘이는 윤빈에게 물었다.

"그냥 떠나는 게 좋겠지?"

"그럼."

오늘이는 연습실이 있는 지하 1층이 아닌 지상 1층 버튼을 눌렀다. 멤버들에게 마지막 인사를 하고 싶은 마음은 그득하지만 욕심이다. 세 아이들에게 미안한 건 자신들인데, 주신아 대표와 나눈 이야기를 알게 되면 오히려 승찬과 대겸, 해인이 오늘이와 윤빈에게 미안해할 거다. 멤버들의 마음을 불편하게 만들고 싶지 않다.

드러나다

둘은 드래곤 시티 건물에서 나왔다.

오늘이는 이상하게 발걸음이 떨어지지 않았다. 다리는 왜 이렇게 무거운 거야. 아마 아쉬움 때문이겠지.

윤빈에게 말했더니 연습하다가 생긴 근육통 때문이라고 했다. 하여튼 얘랑은 말이 안 통한다. 대겸이었다면 오늘이 말에 호응해 줬을 텐데.

"오늘이 넌 이제 어쩔 거야? 또 오디션 볼 거야?"

"아마도. 그런데 조금은 쉬고 싶어. 버닝 아웃이 온 것 같아."

"번 아웃이겠지."

윤빈이 우선 기본적인 영어 공부부터 하라며 타박을 했다.

"넌? 가수 되겠다는 꿈 접을 거야?"

이번에는 오늘이가 물었다. 윤빈은 드래곤 시티에서 데뷔하지 못하면 아이돌 꿈을 포기하기로 부모님과 약속했다.

"아니. 연습생 되기 전엔 긴가민가했는데 이제 아냐. 연습하며 깨달았어. 내가 미리족이 아니라도 가능성이 있다는 걸."

"나도. 지금 포기하면 나중에 내 청춘한테 두고두고 너무 미안할 것 같아."

오늘이는 윤빈에게 아이돌 지망생들이 모여 있는 커뮤니티를 알려 줬다. 윤빈은 관심을 보이며 곧바로 자신의 휴대폰으로 찾아봤다.

오늘이는 드래곤 시티를 찾아가 오디션을 봤던 날이 떠올랐다. 그로부터 10개월이 지나 이곳에서 나오게 되었다. 다시 원점일까? 아니다. 드래곤 시티에서 배운 것은 모두 오늘이에게 남아 있다. 이전의 오늘이와는 다르다.

다리가 조금씩 가벼워지기 시작했다. 오늘이는 뚜벅뚜벅 걸었다. 돌아보지 말자. 돌아보면 돌로 변하는 이야기를 떠올리며 돌아보고 싶은 마음을 꾹꾹 참았다.

앞으로 더 앞으로. 오늘이는 계속 걸어갈 거다.

원스

1월 1일, 인터넷에 드래곤 시티 스무 번째 아이돌의 데뷔 무대 영상이 올라왔다. 그룹 이름은 뉴에이스다. 팀명을 보자마자 너무 에이 팀 위주로 지은 게 아닌가 싶어 심통이 났는데 이제 자기와는 상관이 없다는 걸 깨닫고 오늘이는 피식 웃었다.

지난 한 달간 오늘이는 대겸과 승찬, 해인의 연락을 받지 않았다. 연습생을 그만둔다는 말을 남기고 윤빈과 함께 단톡방에서도 나왔다.

하지만 그 뒤로도 셋은 계속 끈질기게 연락을 해 왔고 오늘이는 하는 수 없이 차단을 했다. 데뷔를 앞두고 연습할 시간도 없을 텐데 괜히 신경 쓰이는 존재가 되고 싶지 않았다.

오늘이는 동영상 재생 버튼을 눌렀다.

'어? 왜 다섯 명이지?'

데뷔 무대 영상을 보던 오늘이는 뭔가 이상하다는 걸 눈치챘다. 다들 화려한 무대 의상을 입고 진한 화장을 했지만 오늘이는 다섯 명의 얼굴을 단박에 알아볼 수 있었다. 모두 다 에이 팀 멤버들이다. 저 중에 케이 팀 대겸과 승찬, 해인은 없었다. 주신아 대표가 약속을 지키지 않은 걸까?

오늘이는 윤빈에게 메시지를 보냈다. 윤빈도 어떻게 된 일인지 모른다고 했다. 대겸에게 전화를 걸었다. 수화음이 몇 번 간 후 대겸이 전화를 받았다.

"뭐야, 형? 내 전화는 받지도 않고!"

전화를 받자마자 대겸이 이 말부터 꺼냈다.

"너희들 어떻게 된 거야? 데뷔 안 했어?"

"다른 회사 가려고."

"다른 데 어디?"

"안 그래도 형한테 연락하려고 했어. 형, 오디션 같이 보자."

통화하는 중에 대겸이 문자로 링크를 보내 줬다. 메인 엔터테인먼트? 처음 들어 보는 회사였다.

"여기도 드래곤 시티처럼 시크릿 코드를 받은 사람만 오디션 볼 수 있어."

대겸은 이번에는 오늘이가 제대로 코드를 받은 거라고 했다. 오늘이가 대겸에게 왜 드래곤 시티에서 나온 거냐고 물었지만 오디션 날 만나면 알려 주겠다고 했다. 오디션은 이번 주 토요일이었다.

마침내 토요일이 되었다. 오늘이는 오디션이 치러지는 장소를 찾아갔다. 오래된 다세대 건물의 지하 1층이었다. 건물 앞에서 우연히 윤빈과 만났다. 윤빈도 대겸에게 연락을 받고 오는 길이라고 했다.

"무슨 오디션을 이런 데서 봐?"

윤빈이 투덜거렸다. 확실히 드래곤 시티 건물과는 아주 많이 달랐다. 내려가는 계단부터 좁고 낡았다.

102호 문을 두드렸다. 안에서 들어오라는 소리가 들렸다. 둘은 문을 열고 안으로 들어갔다.

그곳에는 대겸과 해인, 승찬뿐만 아니라 연석까지 있었다.

"어서 와."

연석이 얼른 안으로 들어오라고 손짓했다. 내부 공간이 그리 넓지 않은 편이라 몇 발자국도 채 걷지 않아 그들에게 다가갈 수 있었다.

"부대표님이 여긴 왜?"

"내가 메인 엔터테인먼트 대표야."

오늘이는 이 상황이 이해가 가지 않았다. 대겸이 빠르게 지난 한 달간 있었던 이야기를 들려줬다.

일단 에이 팀과 합쳐서 데뷔하라는 주신아 대표의 제안을 대겸과 승찬, 해인은 받아들이지 않았다.

연석 역시 세 아이들과 뜻을 같이했다. 케이 팀 다섯 명 모두 함께하지 않는다면 의미가 없기 때문이다. 연석이 세 아이들에게 자신이 만든 메인 엔터테인먼트로 이적하는 것을 제안했다. 아이들은 오늘이와 윤빈이 팀에 합류하는 조건으로 허락했다.

"형들, 같이할 거지?"

대겸이 오늘이와 윤빈에게 물었다.

"당연한 거 아냐?"

"물론이지."

그러자 연석이 모여 있는 다섯 아이들 앞에 섰다. 오늘이가 지금 오디션을 보는 거냐고 물었고 연석은 이미 오디션을 치렀다고 했다.

"너희들은 오디션 특별 통과야. 자, 지금부터 새롭게 연습 시작이다. 아 참, 그리고 우리 팀 이름은 원스다."

연석은 그동안 메인 엔터테인먼트를 준비하면서 자신이 구상한 것들을 멤버들에게 설명했다.

연석은 예전에 주신아 대표와 약속한 대로 자신이 가진 드래곤 시티의 권리를 말끔하게 포기하기로 했다. 그 대신 원스의 첫 데뷔 음원 곡에 대한 지원을 약속받았다.

아이들이 케이 팀 연습생 시절 데뷔 곡으로 준비했었던 두 곡 중 〈하이〉라는 곡을 연석이 받아온 것이다.

"근데요."

윤빈이 할 말이 있다며 손을 들었다.

"리더는 바꿔 주세요."

"누구로?"

연석이 물었다.

"오늘이로요."

연석이 오늘이에게 리더를 하겠느냐고 물었다. 오늘이는 잠시 생각한 후 곧바로 좋다고 대답했다.

다섯 명이 다시 모였다.

귀에 익은 〈하이〉 음악이 흘러 나오자 오늘이와 아이들은 춤을 추기 시작했다. 공간은 좁았지만 아이들이 한데 어우러지자 이곳이 화려한 무대가 되었다.

지난 10개월간 합을 맞추었던 것을 어느 누구도 잊지 않았다. 춤 동작 하나하나가 부드러우면서 절도 있었고 노래 부를 때 음정도 안정적이었다.

고음을 내는 윤빈의 목소리는 흔들림이 없었고 승찬의 랩은 귀에 쏙쏙 들어왔다. 대겸의 춤은 그루브가 넘쳤으며 해인은 풍부한 표정으로 감정을 전달했다. 그리고 오늘이가 이 모든 걸 감싸고 있다. 아이들은 노래를 부르며 춤추고 있는 스스로가 무척 마음에 들었다.

곡이 끝났지만 아이들은 조금도 지쳐 보이지 않았다. 오히려 신이 나서 다시 노래를 틀어 달라고 부탁했다. 연석은 "얼마든지."라고 말한 후 재생 버튼을 눌렀다.

오늘의 아이돌은 지금부터 시작이다.

작가의 말

어른이 되어 만난 지인이 말했다.

"꿈을 이룬 사람을 처음 봐요."

주변에 작가가 많기에 내 직업을 특별하게 생각해 본 적이 없다. 하지만 작가라는 직업이 흔치는 않다 보니 어떻게 작가가 되었는지 궁금하게 여기는 듯하다. 어렸을 때부터 이야기를 좋아하다 보니 작가를 꿈꾸었고 다행히 작가가 되었다.

이 작품을 쓰면서 10대의 내가 많이 떠올랐다. 오늘이가 아이돌이 되고 싶은 것처럼 나도 간절하게 작가가 되고 싶었다. 그 시절 썼던 일기를 보면 무슨 글을 쓸지 고민하고, 학교만 아니면 글을 더 많이 쓸 수 있을 텐데 아쉬워하고, 공모전 당선을 무척이나 바랐다. 하지만 공모전에 당선되는 건 쉬운 일이 아니었다.

10년 동안 공모전에 100번을 떨어졌다고 말하면 어떻게 그렇게 많이 떨어지면서도 계속할 수 있었느냐고 묻는다. 내 대답은 하나다.

"하고 싶었으니까요."

만약 누가 시켜서 하는 거였다면 나는 길어야 1년, 2년 정도 하다가 그만두었을 거다. 하지만 이야기를 만드는 걸 너무나 하고 싶었다. 부모님도, 학교 선생님도 작가가 되는 걸 만류했다. 작가는 돈을 많이 버는 직업도 아니고 안정적인 직업도 아니니까. 내가 작가가 되는 걸 믿어 준 사람은 딱 한 명, 나밖에 없었다.

작가가 되어 매일 즐거운 건 아니다. 출판사에서 원고가 반려되거나 출간한 책을 아무도 몰라줄 때는 힘들다. 그럼에도 불구하고 좋아하는 일을 직업으로 삼을 수 있다는 건 아주 큰 장점이다. 글을 쓸 수 있는 평일인 월요일을 기다리고 인세를 받을 때면 '내가 노는데 왜 내게 돈을 줄까' 싶어 여전히 신기하다. 심지어 정성스럽게 내 글을 책으로까지 만들어 주신다. 글쓰기를 한 번도 노동이라고 생각한 적이 없다. 지금도 내 꿈은 작가다. 앞으로도 계속 작가 일을 하면서 지내고 싶다.

그러니 이 책을 읽는 10대들이 좋아하는 일이 있다면 남들이 뭐라고 하든 한번 해 봤으면 좋겠다. 세상은 점점 더 다양해지고 있기에 좋아하는 일을 충분히 직업으로 가질 수 있기 때문이다.

이 글의 아이디어를 주시고 함께 만들어 주신 김선민 차장님 덕분에 《오늘의 아이돌》과 즐거이 놀 수 있었다. 오늘이가 내게 깨워 준 열정을 독자님들도 느꼈으면 좋겠다.

세상의 모든 오늘이를 힘껏 안아 주고 응원해 주고 싶다.

2024년 가을. 김혜정

오늘의 아이돌

1판 1쇄 발행 | 2024. 11. 15.
1판 2쇄 발행 | 2024. 12. 27.

김혜정 글 | BF. 그림

발행처 김영사 | **발행인** 박강휘
편집 김선민 | **디자인** 홍윤정 | **마케팅** 이철주 김나현 | **홍보** 조은우 육소연
등록번호 제 406-2003-036호 | **등록일자** 1979. 5. 17.
주소 경기도 파주시 문발로 197(우10881)
전화 마케팅부 031-955-3100 | 편집부 031-955-3113~20 | 팩스 031-955-3111

값은 표지에 있습니다.
ISBN 978-89-349-1052-7 43810

좋은 독자가 좋은 책을 만듭니다. 김영사는 독자 여러분의 의견에 항상 귀 기울이고 있습니다.
전자우편 book@gimmyoung.com | 홈페이지 www.gimmyoung.com